相约名家·冰心奖获奖作家作品精选

高长梅　王培静／主编

会梳辫子的父亲

刘黎莹 著

九州出版社
JIUZHOUPRESS　全国百佳图书出版单位

图书在版编目（CIP）数据

会梳辫子的父亲 / 刘黎莹著. —— 北京：九州出版社, 2013.5
（2024.4 重印）
（相约名家·冰心奖获奖作家作品精选 / 高长梅, 王培静主编）
ISBN 978-7-5108-2087-8

Ⅰ.①会… Ⅱ.①刘… Ⅲ.①小小说 – 小说集 – 中国 –
当代②散文集 – 中国 – 当代③短篇小说 – 小说集 – 中国 –
当代　Ⅳ.①I217.2

中国版本图书馆CIP数据核字（2013）第084965号

会梳辫子的父亲

作　　者	刘黎莹　著	
出版发行	九州出版社	
地　　址	北京市西城区阜外大街甲35号（100037）	
发行电话	（010）68992190/3/5/6	
网　　址	www.jiuzhoupress.com	
电子信箱	jiuzhou@jiuzhoupress.com	
印　　刷	三河市恒升印装有限公司	
开　　本	710毫米×1000毫米　16开	
印　　张	9.5	
字　　数	136千字	
版　　次	2013年5月第1版	
印　　次	2024年4月第11次印刷	
书　　号	ISBN 978-7-5108-2087-8	
定　　价	49.80元	

出版说明

冰心是我国现代文学史上著名的作家，她的儿童文学作品和散文在中国文学史上占有重要位置。

这里所说的"冰心奖"包括"冰心儿童文学艺术奖"和"冰心散文奖"。

"冰心儿童文学艺术奖"创立于1990年。创立以来，它由最初的单一儿童图书奖，发展为包括图书、新作、艺术、作文四个奖项的综合性大奖，旨在鼓励儿童文学作品的创作出版，发现、培养新作者，支持和鼓励儿童艺术普及教育的发展。其中，"冰心儿童文学新作奖"与"宋庆龄儿童文学奖"、"陈伯吹儿童文学奖"、"全国儿童文学奖"并称国内四大儿童文学奖。

"冰心散文奖"是一项具有权威的全国性的散文大奖。冰心生前曾是中国散文学会名誉会长，"冰心散文奖"是遵照其生前遗愿而设立的，旨在彰显我国散文创作的成就，不断评选出题材广泛、思想敏锐、着力表现现实生活，创作形式风格多样的优秀散文。"冰心散文奖"是与"茅盾文学奖"、"鲁迅文学奖"并列的我国文学界散文类最高奖项，也是中国目前中国散文单项评奖的最高奖。

《相约名家·冰心奖获奖作家作品精选》共收录近年来荣获"冰心儿童文学艺术奖"和"冰心散文奖"的三十位作家的作品。这些作品无论是小说还是散文，或抒写人间大爱，或展现美丽风光，或揭示生活哲理，或写实社会万象，从不同角度给青少年读者以十分有益的启迪。

随着中小学课程改革的深入与发展，让中小学生多读书、读好书早已成为共识。我社推出本套大型丛书，希冀为提升中国的基础教育、为青少年的健康成长尽一份力。

九州出版社

目 录
CONTENTS

第二辑　金色往事 / 059

第一辑

锁儿和羊

习惯

我做事有个丢三落四的坏习惯，却也没有痛下决心要改掉。人的一生，谁没有一些不好的习惯呢？这种想法在我的脑子里根深蒂固。后来，我凭着自己的脑子好使唤，顺利地考上了一所名牌大学。毕业后，分到一家全国有名的合资企业工作。

有一次，我给公司做一张报表，结果做错了一笔重要的数据，虽然后来被老总发现，我及时地检查了错误，并做了纠正，但还是被老总揪住小辫不放，非要让我停职三天，写一份书面检查交到公司。如果不写的话，我很有可能被老总炒了。

我那三天心情坏透了。

我的母亲知道后，一脸郑重地把我叫到一旁，说："人不怕犯错，就怕知错不改。你的坏习惯一旦长期不改，迟早会酿成大祸的。知道你的父亲是如何牺牲的吗？"

我脱口而出："当然知道。是叛徒出卖了我的父亲。"

母亲长叹一口气，说："那只是一个原因，但绝不是致命的原因。"

我一时怔在那里，以为母亲上了岁数，脑子有问题了。

于是，母亲给我讲了父亲牺牲的经过。

当年，我的父亲是共产党的一名情报员，长期潜伏在国民党的一个重要军事情报机构里。

有一次，父亲被叛徒出卖。

当时，父亲的工作做得非常出色。国民党方面虽然怀疑父亲，但试探了几次，都被父亲识破。

那次，父亲应邀去参加一个酒会。席间，父亲正在和他的一个上司推杯问盏，这时，忽然，父亲听到身后有一个人在叫他。当时父亲一直用的是化名，父亲的真名在国民党这边从没人知道。

是谁会在这种公开场合叫父亲原来的真名呢？

父亲当时的确了不起，父亲连眼皮都没抬一下，依旧该喝酒喝酒，该吃菜吃菜。父亲的镇定自若，让和他在一个酒桌上谈笑风生的人都露出了不易被人察觉的迷茫。父亲虽然用眼睛的余光捕捉到了这种瞬间的迷茫和犹豫，但父亲已经知道了看起来轻松自如的谈笑风生里，已有了刀光剑影。

父亲绝对意识到了处境的危险。

父亲想让自己放松一下情绪，他想起身到舞池跳舞。就在他刚刚站起身时，一个很急促的声音从父亲的背后再一次传来。这次的声音不像刚才，这次的声音一点也不陌生，是一个熟悉的声音。父亲不用回头看，就知道这个喊他的人是父亲平时工作时的一个要好的搭档。这位要好的同事喊着父亲的化名，说："李建，接住！"

声到东西到。父亲还没反应过来同事扔过来的是什么东西，就见一个黑乎乎的东西从父亲的左侧的空中飞了过来！说时迟，那时快，父亲小的时候练过武功，父亲连眼都没眨一下，就伸手接过了这个黑乎乎的东西。

接过后，父亲看清楚了，飞过来的这个黑乎乎的东西竟是同事的一个放水杯子的黑色小皮包。

随着这个小黑皮包的到来，父亲听到了同事发出的笑声。这笑声一听就是喝多了酒的笑声。这笑声会给人一种轻松。

但父亲不会被这种假象所迷惑。

就在父亲正想把这个黑色小皮包再以轻松的方式从空中抛给对方时，意想不到的事情发生了！

就在父亲手中的小黑皮包还没有飞出去的瞬间，一声枪响，父亲摇晃了几下，父亲倒下去了。

血，鲜红的血，汩汩地从父亲宽大的胸膛里流出。

父亲流了很多很多的血。

父亲再也站不起来了。

父亲永远合上了那双明亮的眼睛。

当时，血不光洇湿了父亲的上衣，还把父亲手中那个没来得及扔出去的小黑皮包也洇湿了……

母亲哽咽着，讲不下去了。

我一边为母亲擦着总也擦不完的眼泪，一边问母亲："这些不是在我很小的时候，你都给我讲过的吗？"

母亲抬起头，一字一句地说："当时叛徒不敢肯定你父亲是不是共产党的情报员，但却知道你父亲平时生活中一个微不足道的小细节，你父亲是左撇子。尽管你父亲平时非常注意，干什么都不用左手，尽可能地像常人一样用右手，但有时人的下意识的动作是很难克服掉的啊……"

我不知道后来母亲又说了些什么，因为我早跑到书房去写检查了。那份检查是我流着眼泪一个字一个字写完的啊。

老同学

十几年前，这个故事像长了翅膀，扑扑棱棱一头扎进了我的耳朵。从此这个故事就一直栖息在我的脑海。现在，我来讲给你们听听：

磊和晶热恋时，磊用掉工作后好几年的积蓄给晶买了一枚白金钻石戒指。婚后，晶天天戴着这枚戒指，晶说我会戴一辈子。

可是，世事难料，真的是世事难料。

那天，磊的同学琛来帮着磊订窗纱。琛的手很巧，木工电工钳工，样样精通。干完活儿，琛说回去有事，死活不在磊家吃饭。琛匆匆走后，晶在吃完晚饭时发出一声惊叫！

原来，晶下午在院子里洗澡时把那枚戒指放在窗台上了！可现在却不见了！

两口子拿着手电筒在窗台前照了半天，哪有戒指的影子？

两口子急忙来到琛的家中。磊让琛看看是不是在收拾工具时不小心把戒指一起收进了工具箱。琛忙拿出工具箱，三个人翻了个底朝天，连戒指的影子也没看到。

三个人不欢而散。

回家后，晶对磊说："怪不得当时留琛吃饭，他非要走呢。"

磊说："上学的时候，琛是个人品极佳的三好学生。是不是这几年到了社会上琛变了？"

晶说："咱家是独门独院，今天除了琛，谁也没来过咱家。当时，我的确是顺手把戒指放在窗台上。还有，那天去买戒指时你不是说琛和你一块去的吗？"

磊说："是啊。当时，我为了给你个惊喜，就没告诉你，还是琛帮我挑选的。当时这枚戒指是金店里价钱最贵的了。他还说再过几个月把钱攒够了也给他的女朋友买一枚。"

晶说："这就对了。人为了爱情有时会昏头的。谁一生不办几件错事？他可能回家就把戒指藏起来了。你们是好朋友，这事不要张扬了。"

磊当时不愿意相信戒指是琛拿的，但磊又实在没有理由反驳妻子。磊只好听从妻子的话，既不和任何人说这事，也有意无意地疏远琛。

一个星期后，琛拿着那枚戒指来找他们两口子。

琛说昨天晚上他实在睡不着觉，越想越觉得这事蹊跷，从床上爬起来，就把那个木头工具箱给砸了。这一砸，奇迹出现了！很有可能当时收拾工具时戒指滚到了工具箱的缝隙中，因为工具箱是祖上传下来的。上边有很多的裂缝……当时磊两口子就想戳穿，因为两口子去找戒指时，清楚地记得工具箱是个塑料的。

琛仍在说那个工具箱，琛在说这些的时候显得语无伦次。表情也不太自然。虽然琛的话有些破绽，但只要找到了戒指，磊两口子还是没好意思点破。

时光如梭。

一眨眼，十年过去了。

那天，磊刚走进院子，就听到妻的惊叫声！

十年前丢了戒指时妻这么惊叫过一次。莫非家里又出了什么大事？磊有些发毛，未等细问，却见妻领着儿子来到他的面前。磊这才看见儿子胖嘟嘟的小手里攥着那枚丢失了十年的戒指！妻惊讶得话都说不囵囵了，"儿子……上树上掏鸟蛋，在鸟窝里掏出了这枚戒指！"妻边说边把手上的戒指摘了下来，两只戒指一模一样！

这次，磊莫名其妙地大叫一声！

他家这棵大槐树在他记事前就有了，看来当年妻放在窗台上的戒指是被小鸟用嘴衔到了鸟窝！

磊没来得及和妻说话，就跑出了院子。

磊找到了一个女人。这个女人很早以前和琛谈过恋爱。磊说明了来意，说想问一下当年你和琛谈得好好的，为什么会分手？女人说，琛当年背着我借了好多的钱买了一枚戒指，我表妹就在那个金店上班。刚和琛谈恋爱时我让表妹悄悄在远处看过琛一次。琛不认识表妹。那天表妹以为是给我买的，一问才知道不是给我的。琛死活不认账，说他要买也只会给我一个人买。这不是睁眼说瞎话吗？我觉得琛可能在和我谈的同时，还和别的女人有瓜葛，我一赌气就和他分手了……

磊听着听着，大声惊叫了一下！

五年前琛病重时，在重症监护室吃力地想说戒指的事。磊不让他说。

磊不想让好同学在临咽气时检讨自己的错误。

磊说："什么都不要说！不要说！"

当时，琛的眼里流出了眼泪，磊的眼里也有了泪花。磊用力握住琛的手。渐渐地，磊感觉得到，琛的手越来越凉，越来越凉……

藏在胳膊里的金银财宝

李四对村子里的干部说："我想把咱村头上的庙修一下。现在荒在那里，让人看着心里挺不是滋味的。我打小就喜欢在庙里玩，和庙有感情了，也算是为咱村子办件好事吧。"村干部说："那当然好了。筑路架桥修庙，都是积德行善的好事。"李四说："那咱就这样说定了。"村干部说："说定了，君子一言，驷马难追。"

李四高高兴兴地回到家，把村干部答应修庙的事详细地和老婆说了一遍。没承想，老婆听完，立刻柳眉倒竖。老婆说："你是吃饱了撑得没事干了吧？"不等李四搭话，老婆就风风火火跑出了家门。老婆一直跑到村委办公室，对村干部说："庙是全村人的庙，又不是我一家的庙，要修也轮不上我家李四来修吧？"正在这时，李四也跑来了。村干部当着李四两口子的面说："村子里想修庙的人并不止是李四一人，大伙梦里都想修好这座庙，可手里没钱，谁敢说这大话？"

李四刚要说点什么，却被老婆扯着褂袖子拽回了家。到家后，老婆关好大门，鼻子不是鼻子脸不是脸地对李四说："你要是嘴痒，就去咱家猪栏门上蹭蹭，再敢提修庙的事，我可真跟你豁命。"

李四可是村子里出了名的大能人。老婆气成那样，不消一顿饭的工夫，就哄得老婆消了气。老婆眉飞色舞地去菜地浇水去了。李四怕村干部一生气不让他修庙，就又去找了村干部。村干部对李四说："你要是真能把庙修好，兴许能把城里人吸引过来，咱村也就算是上了一项旅游项目。不过，丑话说在前头，刚才你老婆也来过了，咱村可拿不出一分钱来。谁让咱是穷村呢。"

李四点头像鸡啄米，说："我出钱就是了。"李四最近贩牛挣了一大笔钱，这件事村子里的人都知道。

村子里的人听说李四要自己掏钱修庙，好些上了岁数的老人都撵着自家的孙男嫡女来出义工。李四很感动，但他婉言谢绝了前来帮忙的乡里乡亲。李四对大伙儿说："修庙要讲个心诚。我出钱一包到底就是了。"

大伙眼瞅着李四雇来大汽车，把石头一车车地运到庙里来。庙是多年的老庙了。不知始建于何年何月。年岁久了，风吹日晒的，几年前就塌了。塌了后就再没能修起来。虽说庙的旧墙基还在，但墙基里边长满了半人高的荒草。破庙像个缺胳膊少腿的怨妇，摆在眼皮子底下，让人惨不忍睹。

李四是个干什么都很上心劲儿的人，他也顾不上出去贩牛了。白天就白天，夜里就夜里，一天到晚和那些花钱雇来的民工泡在一起。拆墙就拆墙，打地基就打地基。李四修庙的决心和虔诚让村子里的人对他刮目相看。那段日子，李四在村子里要多风光就有多风光。

出人意料的是，当庙里的新地基打好时，墙却再也不往高处长了。村子里的人再也看不到运石头的大卡车了。更看不到来干活儿的民工。大伙好生纳闷：这活儿咋会正干得好好的就停下来了呢？有好事的人就想去问问李四，可上哪儿去找李四呢？

李四的老婆也想找李四。可她连李四的人影子都摸不着。李四的老婆像只母猫，说跳出来就急火火地跳出来了。大街上围满了看热闹的人。李四的老婆在和一个人打架，打得还挺凶。李四的老婆骂着骂着就动了手，上前一把揪住了这个人的衬衣领子。这个人叫胡秦。劝架的听了半天才听明白打架的原因。原来，有一次李四贩牛回来，去找胡秦喝酒。喝到天黑时，两人都喝红了脸。李四问胡秦知道不知道破庙的一些故事？胡秦连说："知道知道。天底下没有比我更知道这个庙的故事了。"李四就拿眼紧盯着胡秦，想让他赶快讲讲破庙的事。可是胡秦一连喝了好几杯酒了，光说知道，就是不肯对李四讲。李四有些等不及了，从兜里掏出一张百元票子，"啪"地一下摔在酒桌子上。李四对胡秦说："这下你可要讲了吧？"胡秦说："那是那是。不和别人讲，还能不和你讲？咱哥俩打小就没见过外。"

胡秦家挺穷，一百元钱在胡秦眼里挺当回事。胡秦把钱掖进裤兜里，然后一五一十地讲起了破庙的故事。胡秦的爷爷活了一百多岁。爷爷活着时，跟胡秦讲过，说这个庙可是有年岁了。传说有一朝的皇后娘娘避难进过这个庙。军阀混战时，有好几个大人物也来过这个庙。这个庙里有个和尚很会来事儿，人缘儿好，又很讲义气，所以香火也很旺盛。听说还有一个当朝大太监和这个和尚有过生死之交。这些有来头的人送了和尚好些无价之宝。这个和尚到了老年时，把一部分金银财宝悄悄埋到了庙里的一个地方。另一部分金银财宝留给了徒儿。徒儿到了老年时，又把这些金银财宝埋到了庙里的另一个地方。这件事在很多年前传得有鼻子有眼的。村子里曾经有人动过这个庙的念头，但谁也不敢轻易动手。庙虽说是塌了，但庙的余威还在。庙就是庙，哪能想动手就动手呢？要让大伙知道是为了挖庙里的宝，会招来骂名的。喝完酒，李四想了好几天，就想出这么个办法：修庙。明里是修庙，暗里是找一些知己在夜里挖地三尺，一定要把那些宝挖出来。无风不起浪，既然村子里的人都这么说，庙里肯定是有宝的。可是，挖了这么些天，李四把贩牛挣来的钱都搭进去了，连金银财宝的边儿也没见着。老婆天天和李四要金银财宝。李四说："快了。快挖着金银财宝了。"李四一次次地从老婆手里往外拿钱，又一次次地说："快了快了。真的快了。"

老婆急了时，就不停地掐李四的胳膊，把李四掐得龇牙咧嘴的。挖到后来，李四也累坏了。他白天不敢挖，主要是在晚上挖，害怕白天别人看出来，李四也开始心里发虚，真的有些吃不住劲了。再说李四也确实被老婆掐怕了。老婆一急了就想拿他的胳膊出气。他的胳膊成了老婆的出气筒。要说起来，这也怪不得老婆。李四当初和老婆要钱时说过，要靠着他的两只胳膊和两只手把那些金银财宝从破庙的废墟里挖出来。李四有个毛病，一说话时就喜欢伸胳膊。所以老婆一问他金银财宝在哪儿，李四就伸出胳膊，说："在这儿呢。"到了后来，李四的胳膊已被老婆掐得青一块紫一块的了。李四再也不敢当着老婆的面伸胳膊了。

李四给老婆留了个口信儿，说是又要去贩牛，就悄悄溜出了村子。这一走就是好几个月，地里的庄稼全靠李四的老婆一个人伺弄。这天，李四的老婆在地里累坏了，她想，当初要不是李四听了胡秦的话，哪会想起一出是一出，修的哪门子庙呀。她从地里回来时，正好看到了在大街上逛来逛去的胡秦，她的气就不打一处来。就是这个胡秦，让李四贩牛挣来的钱白白扔在修破庙的墙基上了。她趁胡秦不提防，上去就揪住了胡秦的褂领子。两人正打得难解难分时，站在旁边看打架的一个人站了出来。这个人叫二歪。二歪过来把李四的老婆和胡秦两人拉开，说："这件事不怪胡秦，是李四鬼迷心窍想钱想疯了。李四并不是因为听了胡秦的话就假修庙真挖宝的。"

大伙让二歪说说到底是咋回事？二歪吭哧了半天也没说出个子丑寅卯来。二歪是个出了名的懒汉，穷得连媳妇都说不上，他常去和一个寡妇约会。每次约会的方式，就是把写好的纸条儿悄悄放在庙里的破砖烂瓦底下。李四看见二歪好几次在破庙里扒拉着找东西，以为二歪是在庙里寻宝。李四急坏了，他怕再不想个办法，庙里的宝就会被别人挖跑了。那段日子，他老是喜欢看电视里的一个叫作"鉴宝"的节目。他每次看完后，晚上做梦时就会梦到破庙的地下埋藏着好些值钱的古董什么的。于是，他就想冒险试一次，用修庙的借口，去找那些搅得人睡不好觉的古董。

虽然二歪现在守着人没法说他常去破庙这件事，但村子里的人都有些怕二歪。二歪是出了名的难缠的主儿。李四的老婆虽然心里窝了火，但是又不敢和二歪发。等呀等，她要等李四回来把他的胳膊掐烂。

神话

她久久伫立在穿衣镜前。

在老伴去世后的几个月里，她这是第一次照镜子。

她的脑子里像是过电影一样：先是提心吊胆守候在医院重症监护室，尔后是奄奄一息的老伴久久握着她的手，握着握着，老伴的手就渐渐地凉了，凉了……

女儿奔完丧，要带她到外地生活，被她摇头拒绝。女儿只好红着眼圈儿踏上了南去的火车。

料理完老伴的后事，又送走了女儿，她再回到家时，那种揪心的肝胆欲裂，那种针掉到地上都能听到的寂静，竟让她情不自禁打了几个寒战。那些乱七八糟鬼魅怪念头洪水一样把她冲昏了头。

奇怪的是，有一次她把了结自己的药拿出来时，电话铃像是长了眼睛，不早不晚及时响起。她拿起话筒，却又没有一丝声音。她回头看了一眼身后，墙上挂着老伴的遗像。老伴正笑眯眯地看着她。

隔天，就在她刚打开煤气阀门的时候，电话铃又一次急促响起。她关上煤气阀门，跑到客厅接电话，对方又是没有丁点声音。她这次不回头看那面墙了，她提前把老伴的遗像收起来了，她以为这次电话铃无论如何不会响了，她顾不上那些在她脑子里横冲直撞的怪念头，她到电信局申请了来电显示功能，她想在离开这个世界之前，看看神秘的电话到底是谁打来的。她问过女儿，问过亲朋好友，都说没打过电话。

从电信局回来，她坐在沙发上，一动也不想动。她又一次拿出上次没来得及喝的那瓶药，她知道，喝了，她就没了。

她想，如果这次电话铃不响，她打算让自己永远没了。

电话像睡着一样，没有半点铃响的意思。

有人在急促敲门。

她藏好药瓶，看见老伴生前的工友老涂站在她家门口。

老涂说："大妹子，我一直在外地儿子家看孙子，昨天回来才听说你家老武的事，多好的一个人，咋说没就没了呢？"

她开了房门，叹了口气，说："老武住院的时候没少提起你，本来我想托人捎信儿让你回来，可老武不乐意，说你孙子还小，离不了人。"

聊了一会儿老武的病，老涂让她把老武的照片拿出来挂在墙上，老涂把带来的香燃着了，插在老武遗像前，先是三鞠躬，然后就念叨起老武生前对他的种种好。

谁也没想到，出人意料的一幕出现了：相框忽然从墙上掉下来摔碎了！

老涂帮她收拾地上的玻璃碎片时，把手扎破了。

无意间，她竟在相框里发现了老武写的一张纸条。纸条上写着：老涂，如果有一天你能看见这张纸条，就说明你俩有缘，你单身了这么多年，我就把她交给你了。哥们，好好待她。

老涂洗完手，问她有没有创可贴？

她到卧室拿创可贴的时候，把纸条藏了起来。

她回到客厅递给老涂创可贴的时候，她的脸一下子就红了。

老涂张着手，忘了去接她递过来的创可贴。

老涂知道她有心脏病，问："你没事吧？要不要去医院？"

她摇摇头。

一时间，她再也想不起该和老涂说些什么了。

俩人就这么山高水长地默着，默着。

窗外，响起银杏树叶子哗哗啦啦的响声。

风像调皮的孩子，噌一下子跑到屋里来，于是，那本挂在墙上的挂历跳起了舞蹈。

好久，她像是喃喃自语，又像是问老涂："前一阵子风可比今天大多了，为什么没把相框刮下来呢？"

老涂说："老武是看我来了呗。老武这个人。老武这个人啊。"

她想说，前两次电话就莫名其妙地响，你那时还在外地看孙子呢。这话就像鸟儿一样扑扑棱棱刚要从她的嘴里飞出，电话铃忽然响了起来。

她什么也没说，只是用手指着电话，她想让老涂看一下来电显示，但老涂误以为是让他接电话。

老涂接电话的时候，发现她的脸色不对头，她的嘴里一直在喊："老武！老武！是你吗？老武！"看样子她像是正沉浸在一种幻觉中。她的嘴角有了一抹暖暖的笑意。

老涂还没来得及挂电话，她的头一拧，就低低地垂下去。垂下去。

医院的救护车开来的时候，她的手被他攥在手里。

他发现了那张从她手上滑落在地上的纸条。

看完纸条，他对着老武那张照片，说话有点语无伦次："我今天真不该来。老武你这个人！老武你这个人啊！"

医生进门的时候，老涂感觉她的手越来越凉，越来越凉。

好运

那天茜茜到家政服务中心去面试。

一位中年女人让茜茜填一张表格。填完，茜茜等着面试开始。

中年女人就笑了，笑得那样的阳光灿烂，那样的妩媚动人。

中年女人说："你刚才在填表写字时我就看了你写的字，字写得很秀气。还看了你的手指甲，修饰得干净得体。所以你已面试合格了！"

中年女人告诉茜茜，说她叫李云。茜茜就喊她云姐。茜茜去云姐家的头一天，就感觉这个云姐有许多让人费解的地方。比如，云姐当着老公的面，会让茜茜干这干那的，但是，只要老公一走出家门，云姐就会对茜茜说："你去看电视吧，这地我来拖。"

茜茜说："我来就是下力气挣钱的，你就是借给我仨胆，我也不敢去看电视呀。"

云姐一把抢过茜茜手里的拖把，笑眯眯地说："你放心好了。到月底，工钱一分也少不了你的。"

云姐教给茜茜如何涂眼影，抹口红，还把自己的衣服送给茜茜。她不知道云姐的葫芦里到底卖的什么药。有时，她刚把衣服放进洗衣机，云姐就过来递给她一本书，说："我来洗，天太热，去看会儿书去吧。趁现在年轻多看些书没坏处。"

茜茜问云姐："你是不是嫌我干活儿不好呀？"

云姐笑眯眯地说："看你想到哪里去了？别瞎想。你快去看书吧，我去厨房做饭。等会儿我家你大哥回来，你可别说是我做的饭。"

茜茜她决定不在这里干了。她虽是个乡下人，但她明白一个道理：不能轻易占小便宜。你今天贪了小便宜，说不定明天就要吃大亏。当她把准备离开这里的打算说给云姐听的时候，云姐可怜巴巴的样子又动摇了茜茜要走的决心。云姐一时也想不起挽留的理由，只是重复地说："你别走。你别走。"

茜茜说："要我留下可以，但以后你不要再抢着和我干家务活儿才行。除非你说出不让我干活的理由。"

云姐想了半天还是没说出抢着干活儿的理由。

云姐说："求求你，不要问我为什么，留下来好吗？只要你答应留下来，只要你答应不再问我为什么，我从这个月起给你加薪。"

听云姐说话的口气，好像茜茜只要答应留下来，便是对云姐的一种恩赐了。

云姐的话，反而让茜茜更加的忐忑不安。茜茜想来想去，决定来个不辞而别。她把云姐送她的衣服叠好放在床头，又把云姐多给她的工钱也放在那些衣服上。云姐出去买东西去了。

茜茜把自己的日用品放在包里，刚要准备锁门时，客厅里的电话响了。她迟疑了一下，还是跑过去拿起了电话筒。电话是云姐老公的一个外地客户打来的，说是过一会儿要来拜访。茜茜接完电话，赶紧给云姐打手机，要命的是云姐已关了手机。云姐老公的手机响了半天，也是没人接。也许云姐的老公正在公司里开会。平时云姐的老公开会时，是不准员工接电话的。云姐的老公是个做生意的，他的公司的前景越来越好，公司的规模已经很像那么回事了。茜茜心想，做人要厚道，如果云姐中午赶不回来，影响了云姐老公公司的生意，客人来了扑空咋办？还是先把招待客人的水果洗好再说。茜茜这样想着，又把身上的包放回卧室。果真，云姐中午没回来，也没往家打电话，云姐老公的那位生意上的朋友来了，茜茜招待得非常周到。客人吃过茜茜做的饭，临走，把一个信封交给茜茜，说是让茜茜转交给云姐的老公。并一再交代，千万别弄丢，信封里是他欠云姐老公的一笔生意款子。

送走客人，按说茜茜现在可以离开这里了。可是，她看看信封里装的厚厚的一沓钱，又实在放心不下。茜茜在客厅里走来走去，最后，决定要等云姐回来后，亲自交到云姐手里再走也不迟。一直等到天快黑时，云姐才回来。

茜茜说："云姐你总算回来了。"

茜茜把信封交到云姐的手上，然后，茜茜回到卧室，把包背在身上，她决定鼓足勇气，当面向云姐告别。可是，当她来到云姐面前，还没来得及张口，云姐却笑眯眯地说："我早看出来了，你是要辞掉这份保姆工作，想今天悄悄地来个不辞而别，对吧？"

茜茜很惊讶地问："你是怎么看出来的？"

云姐轻轻拍了一下茜茜的肩膀，说："今天一大早，你就悄悄做要走的准备，我哪能不知道？"

茜茜说："云姐，对不起，我在这里不干活，白拿工钱，心里难受死了。你还是放我走吧。"

云姐说："你就是不想走，我也不会再留你了。"

茜茜心里的一块石头总算落了地。

茜茜说："云姐，你和大哥多多保重。"

茜茜转身刚要走，云姐说："等一下。"

云姐拿出一张表格，让茜茜现在马上填一下。茜茜一看，是一张招工合同表。云姐说："我家那口子一直想找个细心善良，本性不贪的人来帮他处理公司的杂务。这个活儿很琐碎，又累，找了好长时间也没找到称心的。今天总算找到了，这个工作非你莫属。"

茜茜说："云姐，我做梦都想有一份工作，可是我能行吗？招工是要面试和笔试的。"

云姐说："你已经交了一份非常优秀的答卷。"

原来，在茜茜来这里之前，已经来过三个小保姆了。但都被辞退了。一开始来的那个小保姆，发现不用干活就能拿工钱，高兴坏了。一点过意不去的意思都没有。没几天，云姐就把她辞退了。第二个小保姆更有意思，不光不再坚持抢着和云姐干活儿，还问云姐，能不能好人做到底，帮她乡下的亲戚再找一份这种不用干活儿的保姆工作？第三个小保姆倒是不像前两个那么懒惰和贪婪，可还是没过最后金钱这一关。

听完云姐的叙述，茜茜才明白，原来，今天来的那个客人是云姐早就安排好的。是要看看她能不能经得住金钱的诱惑。

茜茜问云姐："你就不怕我把钱拐跑？"

云姐不慌不忙地说："你能跑得了？早有人在外边看着呢。以后在公司好好地干吧，我不会看走眼的，到了公司可没人和你抢着干活了。我们会根据你的表现给你加薪的。"

茜茜激动地说："云姐，让我如何谢你和大哥呢？"

云姐说："要谢就应该谢你自己。自己就是主宰自己命运的上帝啊！"

情醉夕阳

她和他是一对过了大半辈子的老夫妻了。

她对他了如指掌。

平时两人在家很少说话。他想让她沏杯茶，他的一个手势，她就能知道；他要刷牙，想让她把刷牙的水兑好，不要太热，也不要太凉。等她把牙缸递到他手上时，的确不烫不凉。

他对她的心思摸得也很透。她有时只需要说一下哪个女人打扮得漂亮，他就会在发工资的当天，把一件价格不菲的衣服给她买回家。她只要提起做父母的如何的不易，他就会默默地跑到岳父家，要么陪岳父喝一杯，要么帮老人家干些重体力的家务活儿。每次干完活儿回来，他从不向她炫耀。她也从不问他在哪吃的饭，在外边干什么了。

这样的日子感觉不到浪漫，也感觉不到乏味。

他和她沉浸在这样的日子里感到很舒服。

老天像是故意捉弄他们，好好的，他有一天忽然感觉头涨，脚下发轻。

她说："去医院查查吧。"

他说："不去。打死也不去。去趟医院，好人也能折腾出病来。"

她知道他是个唯美主义者，他的最高理想就是无病无灾，无疾而终。如果在人生的中途身体出了问题，他想随其自然。他喜欢高质量的生活，如果百病缠身，生不如死，苟延残喘地活着，是最不明智的人生选择。

她这大半辈子都是夫唱妇随。

对他的固执，她不能硬来，她知道他的软肋。

于是，她把她的想法说给了他。

他沉思半天，终于点头答应去医院检查身体。

从医院回家，他和她都感觉天塌了，地陷了。

他得了绝症。医生要他马上住院。他逃也似的打车回了家。

她说："明天住院吧。"

他说："打死也不住院。"

她跑到大街上流了好多好多的眼泪。然后，她很平静地回到家，又一次把她的那个想法说给他听。说完，她又加了一句："这次可不是和你闹着玩儿的，你掂量着办吧。"

他破例点了一支烟。他这一生除了那年她生孩子，医生说是难产时，他吸了一支烟，这是第二次吸烟了。

吸完烟，他又一次点头答应去住院。

在医院只能化疗，医生说已不能做手术了。化疗的时候很痛苦，一口饭也不想吃。甚至连水都不想喝。每当喂他饭时，他都要把牙咬得紧紧的，就是不张嘴。这时，她就会让女儿到病房外边，然后她就细声细气地把自己的想法给他描绘一遍，他就会变得像个孩子一样的听话，硬着头皮吃几口饭，喝几口水。

女儿很纳闷，问她："你用的什么绝招儿？竟让老爸言听计从。他连医生的话都不听啊。"

她没有告诉女儿用的是什么绝招儿。因为那是她和他之间的秘密，不想再让第三个人知道。

那天，她给他洗换下来的脏衣服，正洗着眼前一黑，就倒在了水池边。倒下了，就永远倒下了。那时候，炉子上的锅里正冒着诱人的香味，那是她为他熬的排骨汤。

女儿没敢把噩耗告诉重病在床的老爸。但女儿眼睛里流露出的悲伤是瞒不住他的。他长长吁口气，如释重负的神情让女儿百思不得其解。尽管女儿让所有他以前的亲朋好友来劝他吃点东西，但无济于事。

就在女儿上大学的时候，那年他刚离休在家，心情郁闷，生过一次病，他不想去医院。她就把自己的想法说给了他。他没在意，结果她竟割腕，卫生间里流了一地的血，幸亏他发现得及时才救下她一条命。后来她告诉他，以后只要他有了病不好好地治，她就走绝路。她说宁可走绝路，也不想一个人孤单地活着。

打那，他知道自己的命不是他一个人的了。

现在，他的命又重新归自己一人所有了。

他的命一旦归了他自己，竟如此的不经折腾。也许是他惦记她在那边一个人过日子太凄凉，竟在她走后的第三天就随她而去了。

路遇仙女

有个男的，长得好，口碑也好。

他的妻子却嫌他这不好，那不好，非要离婚。

男的死活不离，妻子死活不依，就离了。

伤心之余，凡来说合亲事的，男的一口婉拒。

一晃，就是大半年。

也是该当有事。

那天，男的下夜班，路上空无一人。男的骑着自行车，听见一阵若有若无的嘤嘤哭声。男的停下来左右打量，见有个年轻女子站在路边的树下，正泪眼汪汪地望着他。

男的好生纳闷，上前问过才知：年轻女子是外地人，来这打工，刚才下夜班在路上被歹人非礼。她和好几个打工妹合租郊外的一间平房，女子无颜回去见人，又举目无亲，只好在这伤心哭泣。

男的这才看清，女子的花上衣已被撕破，脸和脖子都有抓伤的痕迹。男的有心想让女子上自己的自行车，又恐人言可畏。男的沉思片刻，便仍骑车赶路。可是，骑了一段路程，男的耳畔一直萦绕着女子悲悲戚戚的哭泣声。

男的又一次停下车子。

在这郊外空旷马路边，一个孤零零的女子，衣服破了，身上也被抓伤，要是再一次碰上歹人咋办？男的这样想着，就又掉转车头，用力往回骑。

女子还在那傻站着。脸上已没了泪。男的和她说话，她也不理睬。男的只好打住车子，走到她跟前，听见她正喃喃自语："我没脸活了！"

男的一怔，二话没说，就把女子硬拉到自行车后坐上。

男的把女子径直带回家，让女子洗过澡后，让她先换上他的衣服。尽管衣服显得很肥大，但依然遮不住她的细腰雪肤，玉指素臂。

两人默默地静望。

男的怀里有一只小兔子在欢蹦乱跳。

女子脸颊上有两朵红云在飘。

女子就住下来了。

女子很勤快，洗洗浆浆，扫天刮地。

男的下了班，一时愣在房里不知干什么才好。手脚也像是没地儿搁放。

女子变戏法一样，热汤热菜，眨眼工夫摆满了桌子。

那晚，男的喝了酒。

喝了酒话就格外稠。

男的就对女子讲了前妻和他分手的原因：半年前，他在胡同口捡了一个男婴，喜出望外抱了回来。男的越看越喜欢这个孩子，看样子有六七个月大的样子，小眼睛像黑宝石一样可爱。男的想收养这个孩子。抱回来的第三天，发现孩子不对头，去医院检查，诊断结果孩子是聋哑儿。前妻不同意他收养这个孩子。前妻说她做梦都想要一个自己的孩子。男的铁了心要收养。前妻就一口咬定男的在外边有了外心，怀疑他是孩子的亲生父亲，死活闹着要离婚。

分手后，男的就一心一意收养这个聋哑儿。他把自己全部的感情都用在了这个聋哑孩子身上了。

男的讲到动情处，眼里就有了一层水雾，他对女子说："孩子刚来到这个世上，就被亲生父母抛弃，多让人可怜，长大了也不能用语言和人交流，这就更让人可怜。我无论如何下不了狠心再抛弃他了。"

女子动情地说："大哥真是好心人。"

第二天，男的就去母亲家把那个聋哑儿接了回来。孩子虽说一岁多了，可看上去像是只有八九个月大的样子。男的把孩子抱给女子看，女子连声夸孩子长得惹人喜爱。玩到快天黑的时候，男的要把孩子送到母亲家去。女子说："我这几天厂子里也没活儿，大哥要是信得过我，我帮你带几天孩子吧。"

那天男的在厂子里心神不定。他有些后悔让女子帮着带孩子。他的家一贫如洗。值钱的东西都让前妻带走了。可万一她把孩子拐跑咋办？下了班，他把自行车骑得飞快，到了家门口，他站了半天不敢进屋，要是屋里没动静，那就是出事了。他忐忑不安地推开房门，看见女子正在给孩子喂饭，刚熬好的绿豆粥在饭桌上冒着腾腾的热气。

他越看这女子越像是从墙上那幅画里走下来的仙女。

孩子吃饱就睡着了。

他把孩子从女子怀里接过来，然后把孩子抱到床上。

吃饭的时候，女子问他："明知是个聋哑孩子，为何不送到福利院？"

男的说："不是没想过。有一次我都把孩子抱到福利院大门口了，可我就是舍不下。孩子那双又黑又亮的大眼睛像是会说话，我听见孩子用眼睛一遍一遍地求我：回家！咱回家！"

女子放下饭碗，声音有些呜咽。

"大哥，你心眼真好！让我留下来和你一起照顾这个孩子吧。"

男的和女子结婚后，别人都说男的是傻人有傻福，傻乎乎地收养个聋哑儿子，感动了上苍，恩赐给他仙女样的新娘子。

男的乐得眉里眼里都是笑。

没人知道，前妻和他离婚并不全是为了收养这个聋哑儿子。当时他为了证明自己不是这个孩子的亲生父亲，就让前妻看了一样东西——是一张证明他没有生育能力的诊断书。

新娘子也不全是因为男的心眼好才嫁给他的。她就是孩子的亲生母亲。

人生之链就是这样环环相扣的。摆在明处的，是那些闪闪发亮的，一环套着一环，而那些锈迹斑斑的环扣却紧紧套在人的内心深处，每个人的人生之链都会或多或少有几个生锈的环扣，有时恐怕就连我们自己也是看不到的。

锁儿和羊

锁儿从小就和爸相依为命。锁儿的妈在锁儿不记事的时候就被一个有钱的男人拐跑了。锁儿不知妈长得什么样子，爸就把锁儿妈的照片放大后镶在镜框里。锁儿想妈的时候就去看那个镜框。镜框里是一个漂亮的女人。锁儿越看越伤心，自己的妈妈再漂亮又有什么用呢？整天躲在镜框里笑眯眯地看着他。锁儿宁愿要一个长相丑陋的妈。因为妈的缘故，锁儿从小就仇视漂亮女人。锁儿伤心的时候，就去自家的羊圈里和那只羊说话。

是一只美丽的羊。羊通身雪白，没一根杂毛。羊是锁儿最好的朋友。锁儿所有的喜怒哀乐，羊全知道。有一天，爸问锁儿："想不想有个妈来给你做好吃的，缝好穿的？"

锁儿说："想。早就想了。"

爸又说："那就好。爸想和你要件东西。过晌我要去找人把咱家的羊杀了。"

锁儿说："我想要个妈来咱家，也想要咱家的羊活着。"

爸说："爸没能耐，咱家才穷。给你娶妈，全靠这只羊来待客呢。"

锁儿说："我宁可不要妈，只要能让这只羊活着。"

爸不再说杀羊的事，只顾一支接一支地闷头吸烟。锁儿明白了一件事：就像自己喜欢那只羊一样，爸也喜欢那个女人。锁儿看出来了，爸铁了心要杀羊，爸想和那个女人结婚。锁儿无论如何是无法留住这只羊了。锁儿是个懂事的孩子。锁儿走到了羊圈里。锁儿的小手上多了一把梳子。锁儿要为那只羊梳妆打扮。锁儿一下一下地梳理着羊身上的毛。锁儿不敢看羊的那双美丽而又温驯的眼睛。锁儿想，给羊梳妆打扮，是为了送羊上路。过几天，爸喜欢的那个女人也要梳妆打扮，女人是为了做爸的新娘。锁儿不明白大人的事。但锁儿知道大人的事，小孩子是做不了主的。

锁儿把羊牵出了家门。他知道哪里的草最嫩。他要让羊饱餐一顿。他对羊说："羊啊羊，我救不了你的命，可我能让你吃一回最香最甜的草。"

羊好像听懂了锁儿的话，跑到茂盛的草丛里去了。

锁儿望着羊吃草。望着望着眼里就有了泪。锁儿平时不是个爱哭的娃儿。锁儿哭了好长时间，才把羊牵回了家。

　　锁儿的爸没在家。锁儿把羊牵到了圈里。锁儿拍了一下羊的脑袋，就头也不回地走出了家门。锁儿从家里悄悄拿出了一样东西。锁儿在路上遇到了一个叫军军的小伙伴。军军看到了锁儿从家里拿来出的那件东西。军军的眼睛一亮，说什么也要和锁儿一起玩。

　　两个光头娃儿一起朝着村外的小河走去。

　　正是多雨的夏季，雨已经疯下了好几天了。河里的水都快要涨到桥面上来了。那时候正是中午做饭的时候，河边没有行人，只有锁儿和军军。

　　锁儿的爸去请人来杀羊，回来路过村外的那条河，刚走到桥跟前，就看到河边那里被黑压压的人群围了里三层外三层。一个女人披头散发正在地上打着滚儿号哭。好几个有力气的汉子过来按，怎么也按不住。女人滚得满身是泥，泥鳅样滚成了土人，只有牙齿闪着白光。又有好几个汉子从河里捞上来一面网，网里连一片鱼鳞也没有，却网上来两个娃儿的尸体。

　　锁儿的爸看清了，那正是自家的渔网！

　　一定是锁儿偷拿出来的！

　　他正要找锁儿，却看见锁儿的尸体也在网里！

　　两个娃儿是想学大人的样子捕鱼。没捕着鱼，两人把命丢在了网里。两个娃儿把网下到河里，河里的水流太急，两人的力气太小，他们又慌又急，束手无策，被网缠着了手脚，最后两个娃儿扑腾到了网里。两个娃儿活活淹死。

　　锁儿家的那只美丽的白羊还是活下来了。

　　锁儿的爸把新娘娶进家门。

　　锁儿的爸和新娘商量的第一件事就是要新娘好好待这只羊。新娘好生纳闷，说："不就是只羊吗？"

　　锁儿的爸说："那不单单是只羊。"

　　新娘说："羊就是羊，怎么会不是羊呢？"

　　锁儿的爸说："跟你说不清的。你不用下田干活儿，也不用给我忙着洗洗浆浆，你只要每天让咱家的羊吃上最鲜最嫩的草就行了。"

新娘的性子好得不能再好。她发现这只羊成了男人的眼珠子。男人动不动就到羊圈里，有时看羊吃草，有时看羊睡觉。

村子里的人再下地干活时，老远就能看到在那片青草地里，锁儿的爸刚娶过来的新娘正在看着一只羊吃草。夕阳西下时，那位新娘的大红连衣裙火一样燃烧在翠绿的草地上。那只通体雪白的羊云一样在那片火的四周飘动。

信念

张一亮死了！

张一亮为什么会说死就死了呢？

他咋不再咬咬牙撑上一些日子呢？

张一亮年轻时是个很有作战经验的八路军的军官。后来，又被调到后方做地下工作。张一亮就是张一亮。他干什么马上就精通什么，地下工作更是做得得心应手。

再后来，组织上指派张一亮到国民党内部卧底做了一名地下情报员。

他在去之前，做了易容手术。

手术做得非常成功。

张一亮出院时已完全变成另一个模样了。

在国民党那边，张一亮认识了一个国民党的处长，这个处长叫李民。

那天，张一亮对李民说："咱们的行动后天开始！"

李民当时很激动。

李民握着张一亮的手说："好！就盼着开始的那一天了！"

他们说的行动，是一次保密工作做得非常出色的起义行动。这是张一亮来到国民党这边后，开始进行的第一个大规模行动。在张一亮做了大量的政治工作后，终于做通了李民处长的思想工作，李处长要带着他的手下全部起义投到解放军这边来。因为国民党那边已是日落西山，很快就要撤退到台湾去了。李处长当然不想去台湾。李处长手下的好些人也不想去台湾。张一亮看准时机，终于在几天后，张一亮冒着生命危险，帮李处长和他的手下全部起义到了解放军队伍这边来。

后来，国民党真就撤到台湾去了。

再后来，新中国成立了。

再再后来，李民起义有功，提拔到公安局当了公安局局长。

张一亮当时没到台湾。他又不是真正的国民党的人，他去台湾做什么啊？

张一亮虽说留在了大陆，但张一亮的厄运也接踵而来。他首先在人们的眼里是个国民党的敌特分子。他当时去那边的时候，是组织秘密指派他去的，这事别人又不知道，所以张一亮还是有思想准备的。这事也不是所有人都不知道。当时是实行的单线联系。张一亮的上线和下线还是知道这事的。也就是说这个世上有两个人知道张一亮的真实身份。

张一亮后来被关押进监狱的时候，对审他的人说："李民那次带着手下人起义过来，是我一手策划的。你们可以去问李民，也可以去当时和我有过联系的上线和我的下线那两个人去了解事情的真相。"

组织上的确派人去找了这三个人。

不知何原因，李民那边迟迟没有消息。另外那两个情报员，一个早已在战场上牺牲，另一个虽然活在世上，却成了痴呆病患者。张一亮的事就这样不明不白搁下来了。一搁就是十几年。等张一亮从监狱里出来时，他的头发已过早地全白了。他没有工作，摆了个修钟表的小摊子。他年轻时学过修表的手艺。张一亮岁数不小了。没人愿意嫁给他。后来，他找了个瘸腿的乡下姑娘。这个姑娘给他生了一个儿子。

后来，张一亮的儿子备受世人的歧视。有时儿子急了也朝张一亮发火。张一亮总是铁了心的一句话："人活着要有信念。信念，你们懂吗？人失去生命不可怕。可怕的是没有信念的生命！"

张一亮的命运差一点就有了转机。一个当年的老首长知道了张一亮的事情，他来信对张一亮说："我知道当年的一些情况，我在外地开会，等我回了北京就给你出具证明。"

但谁也没想到，这个老首长刚回到北京，就被"四人帮"关到大牢里去了。谁会相信一个大牢里的人的证明呢？

后来，张一亮病重住医院时，在弥留之际，仍颤抖着双手给妻子和孩子留下一个纸条。上边写着几个字：信念！永远不可丢！

张一亮死后没多久，那个当年的李处长终于暴露身份，入了监狱。在狱里写交代材料时才说了张一亮的事。

原来。这个李处长是当年国民党撤退时留在大陆的一个敌特分子。

再后来，组织上在整理当年的敌特分子档案时，也找到了当年张一亮的真实资料。于是，在张一亮的档案中，又多了一张他的家人送来的那张信念永远不可丢的纸条。

继母

　　婷婷从生下来就是个哑女。在她十多岁的那年，婷婷的生母病故。过了没多久，父亲又给婷婷找了个继母。继母是聋哑学校教盲文的老师。父亲就是在接送婷婷上学时才和继母认识的。继母来到婷婷家后一直对婷婷挺关心的。业余时间，继母不光教婷婷哑语，也同时教婷婷的父亲哑语。过了几年，婷婷已长成了一个很漂亮的女孩子。继母虽说对婷婷不错。可婷婷一直不愿意喊继母妈妈。因为在婷婷的内心深处，一直以为继母对她好，只不过是做做样子讨父亲欢心。父亲用哑语问婷婷："孩子，你将来想从事什么样的工作呢？"

　　婷婷用哑语回答："我的理想是当一名服装设计师。虽说我现在会裁剪式样简单的服装，可我是个哑吧，不知我将来能不能行。"

　　父亲说："孩子，一个人几乎可以在任何他怀有无限热忱的事情上成功。成功不是将来才有的，而是从决定去做的那一刻起，持续累积而成的。不要总是去梦想着天边的玫瑰园，而不去欣赏今天就开在我们窗口的玫瑰。你和别的同龄人相比，他们有的还没拿过裁剪衣服的剪刀呢。"父亲的话给了婷婷很大的勇气。她把全部心思都用在了学裁剪这件事情上了。可是她剪坏了很多的布料，也没有多大的长进。有一次，她拿着继母的一件新衣服，比比画画，摆弄了一天，也没弄明白。婷婷想把这件衣服拆开，但又不敢拆。婷婷对父亲说："这是阿姨最喜欢的一件衣服了。还是件新的呢。她平时都很少舍得穿。她现在出差不在家，我给她拆了，她回来后一定会很生气的。"

父亲说："包在我身上。你只管拆开看就是了。"婷婷也是学艺心切，在父亲的一再催促下，就把继母的那件新衣服给拆了。可是她一连弄了好几天也没能把继母的新衣服再复原弄好。结果呢，那件新衣服的裁剪法她也没学会，白白搭进去了这件新衣服。继母出差回来后，一看自己心爱的新衣服成了一堆烂布料，气得半天说不出一句话。婷婷在一旁赔着笑脸，继母用哑语对婷婷说："我恨你！我恨你！你的父亲心里只有你。他从来就没把我真正放在心上过。这样的日子我再也受不了了！"父亲想解释几句，可是继母二话没说，收拾好自己的东西搬到单位的集体宿舍去住了。继母走后，父亲用哑语比画着对婷婷说："你看，父亲为你把阿姨都气走了。也许将来她不会再要我们父女俩了，孩子，你快快地学好手艺吧，将来等父亲老了，还指望你养老呢。"婷婷知道自己这次是真的闯祸了，她去求继母，可是继母根本不见她的面。父亲对婷婷说："孩子，父亲这一生失掉谁都不害怕，父亲最害怕的就是你不能学好一门糊口的手艺。"

婷婷发现自从继母离家后，父亲这些日子真的有些老了，有时一天也不说一句话。婷婷是个懂事的孩子，她想只有学好裁剪，才能让父亲心里好受一些。想是这么想，真学起来，可没那么简单，一天到晚拆了缝，缝了拆，也还是没大长进。婷婷有时急得直掉泪。她甚至不想再学裁剪了。她用哑语对父亲说："不要再为我操心了，我天生可能就是个命不好的孩子。"

父亲说："孩子，很多事是先天注定，那是'命'，但你可以决定怎么去面对，那是'运'。失败是什么？没有什么！只是更走近成功一步。成功是什么？就是走过了所有通向失败的路，只剩下一条路，那就是成功的路。"婷婷擦干眼里的泪，然后又拿起了丢在一旁的剪刀。父亲重又听到了从女儿房里传出的声音，"嚓嚓嚓"，"嚓嚓嚓"，那是女儿手中的剪刀在唱歌。在父亲的耳中，这是世界上最美妙的声音了。就这样，父女俩一起走过了冬，又一起走过夏，也不知风风雨雨走过了多少日子，婷婷总算掌握了裁剪手艺。父亲把婷婷设计的图案拿到本市的一家服装厂，结果，一下子就受到那家工厂老板的青睐，并破格录用了婷婷。婷婷没想到的是，那家工厂的老板非常年轻，竟然也是个哑巴。他以前曾是继母的学生。婷婷更没想到的是当初继母离家出走，也是继母的主意。继母说要给婷婷多一些磨难才行，婷婷是个坚强的孩子，但有时喜欢撒娇。给她一点压力，会对她有好处的。当继母把这些都告诉婷婷后，婷婷有些不解地问父亲："那么长的时间不和阿姨在一起，你不怕阿姨会跟别人跑了呀？"

父亲说："不会的。我们常联系的。只是你一人蒙在鼓里罢了。除了我和你阿姨，还有一个人也一直在关注你。这个人现在就站在咱家的门外呢。"婷婷好奇地打开房门，发现门外站着的是那个服装厂的哑巴小老板。婷婷很敬重他的。年纪轻轻的就能创办一个规模不小的残疾人服装工厂。哑巴小老板怀里捧着一束鲜花，用哑语说："婷婷，我今天是来向你祝贺的。从今天起，你就是我们工厂的正式员工了。"婷婷激动地对哑巴小老板说："谢谢你！我会努力工作的！"哑巴小老板说："其实我和你最该谢的人就是她！"哑巴小老板把婷婷的继母推到婷婷的面前，说："你和道吗？这些日子她一直都在暗暗叮嘱我，说你将来进了我们工厂后，要我好好地多关照你。婷婷，我今天有个大胆的请求，我想正式向你求婚！不知你是不是答应我？"婷婷一张好看的脸庞红得像苹果，这一切的幸福来得太突然了！她竟然开口叫了继母一声："妈！"婷婷走到继母面前，眼里含着热泪，指着小老板，说："妈，你答应他做你的女婿吗？"继母和婷婷的父亲异口同声地说："在我们心里，早把他当成我们的女婿了！就你不知道！"

婆婆

"性格偏激固执，爱唠叨小气抠门。"这是许晴坐完月子后，对婆婆的总体评价。

婆婆家在乡下。许晴和李亮结婚后，从没和婆婆相处过。现在有了孩子，许晴又不想花钱雇月嫂，只好把乡下的婆婆叫来伺候月子。婆婆四十多岁，精明能干。就是太要强，在照顾孩子的细节上，总是和儿媳拢不到一块。李亮夹在水火不容的婆媳之间，腹背受敌。他每天小心翼翼地穿梭在婆媳战火的硝烟中，焦头烂额，苦不堪言。

婆媳之战全面升级的导火索竟是因为一块小小的尿布。婆婆背着儿媳把从乡下带来的纯棉尿布给孙子用上了，儿媳发现后大发雷霆！她问婆婆："说过多少遍了，你带来的尿布太粗糙，没消过毒，也没用盐水泡过，床头放着现成的进口消毒无菌尿布，你看不见吗？"

婆婆也不示弱："俺比你拉巴的娃儿多，俺懂。进口尿布雪白雪白的，屙上屎尿，一块尿布要用大半块婴儿皂，半天洗不净。俺从乡下带来的尿布可都是俺亲手织出来的，又好洗又软和，你凭啥不让给俺孙子用？"

许晴二话没说，拎起婆婆带来的一大包尿布，顺手就从窗子里丢了出去。婆婆铁青着脸，立刻打道回府。临走扔下狠话："这辈子，俺到死也不再踏进你家半步！"

日子过得飞快，像插上翅膀一样飞呀飞，眨眼就是三年。谁也没想到，不幸像只瞎眼的恶狼，竟突然把许晴撞倒了！许晴得了缠手的病，医生让准备三十万元手术费和医药费。这下可把李亮给难住了。他们结婚的新房只交了首付，要月月还房贷。他和许晴的工资收入都不高。本来日子就过得捉襟见肘，一下子上哪弄这么多的钱？

那些日子，许晴天天闹着要出院，她不想治了。她对李亮说："咱一个小老百姓上哪借这么多的钱？再说医生也说过了，就是凑够了钱，动过手术后希望和失败也是各占一半。我只求你把咱儿子好好拉扯大就行了，咱回家吧。"

这时的李亮总是不吭声，不说回家也不说不回家。总是坐在许晴的病床前默着。就这么山高地厚地默着。

后来，许晴不知李亮从哪借来了三十万，竟说服了许晴，同意做手术了。好在老天有眼，手术非常成功，许晴恢复得很快。回家后的许晴天天问李亮钱是跟谁借的？李亮这才对许晴说，他有一个小学时的同学，两人小的时候都住在村西头，是光着屁股长大的发小，现在人家做养殖专业户，发迹了，听说许晴的病后，主动送来了三十万，并说不用着急还。什么时候有什么时候给，反正人家也不着急用钱。

许晴听后很激动，不由感慨万千："你看看，你妈竟还不如人家一个邻居，她就是再穷也不会穷得连张火车票都买不起吧？她一次也没来医院看过我！"

李亮这时就像是个做错事闯了大祸的孩子，垂着头，大气也不敢喘一下。其实他心里也一直在纠结，许晴就是有天大的不是，也是妈的儿媳妇，妈为什么就是狠心不来瞧一眼？

许晴就这么又一次和婆婆结下天大的仇口了。许晴放出狠话，等将来你妈有了病也别指望我这个做儿媳的到床前尽半天孝！

李亮能说什么呢？一边是生他养他的亲妈，一边是给他生了儿子和他朝夕相处的爱妻，所以每次许晴数落他的时候，他就拼命地干家务。他除了干家务还能做什么来补偿爱妻呢？

谁也不会想到，一个冬日的黄昏，电话铃突然响起！许晴的婆婆病故！

许晴当然不会回老家奔丧。

李亮连夜坐火车赶回家。

李亮跪在母亲的灵堂里，老同学告诉他，那三十万救命钱是你妈悄悄卖肾后，又把房子和圈里的猪棚里的牛都卖光，七凑八凑让我给你的。她老人家要强，说你从小就没爹，不能让她的孙子小小年纪就没了娘。

李亮说："你不是在电话上说你现在是养殖专业户，并不让我急着还你钱吗？"

老同学无奈地摇摇头，说："那是你妈让俺这么说的。并让俺对天发誓，永不把这层窗户纸捅破！俺今天说给你这些，是为老人家难过。她为了还乡亲们的钱，联系镇上的服装厂，在家天天踩缝纫机加工沙发套，你想，割了肾的人，能禁得住这么没白没黑地折腾？"

李亮泣不成声，他来到母亲的榇床前，轻轻掀开母亲的送老衣，果真看见了割肾留下的刀口！他跪在母亲的灵堂里，把头深深地垂下去，垂下去。他的额头不知何时被地上的小石子磕破。血和着泪水流淌下来。他的嘴里喃喃自语："妈，你老人家为什么要这样？为什么要这样啊……"

忽然，李亮眼前出现了一双他熟悉的女式皮鞋，他抬起头，发现许晴站在他面前！三岁的儿子也站在他面前！

许晴眼里噙着泪花对李亮说："你走后老家来电话都和我说了。让孩子给奶奶磕个头吧！"

当孩子跪下磕头时，许晴也扑通一下跪在婆婆榇床前，未等喊妈，早已泣不成声！

母亲之谜

母亲轻轻敲开了女儿的房门。女儿伊娉正在一脸甜蜜地试穿婚纱。女儿的未婚夫阿刚也来了，他是来告诉伊娉，喜车订好了，明天一早就来接她。母亲对站在一旁的阿刚说："明天，伊娉就是你的新娘了。我也想图个喜庆，告诉你们一件事情，也算是我送给伊娉的礼物吧。"伊娉说："妈妈是要送给我们一辆小汽车吗？"母亲说："比小汽车还要贵重。""那就是一套带花园的小洋房？""十套小洋房也抵不上我送你们的礼物。"

伊娉被母亲的话弄得不知东西南北了。阿刚也不知东西南北了。伊娉很纳闷地问母亲："是什么样的礼物？看来一定是价值连城了。"

母亲对伊娉说："有这么一个女人，十月怀胎生下了你，可是她遇到了难处，只好忍痛割爱，让我们收养了你。不管你现在是不是恨她，也不管她当时是不是一念之差才不要你的，总之，是她给了你生命，也是她把你带到这个世界上来，我想求你认下这个可怜的母亲吧。"

这件事来得太突然了！伊娉简直不知说什么好了。母亲又对伊娉说："你的亲生母亲现在很可怜，天天盼望着能和你相认。我也思想斗争了好长时间了，可我想来想去还是要在你快出嫁的时候告诉你！"

伊娉坚决地摇了一下头，说："我不。我就不。我就只有你这么一个妈妈，你就是我的亲妈妈。你为什么要告诉我这些呀？"

母亲说："虽然我只是你的养母，可我也能体会到做母亲的心情。伊婷，我一把屎一把尿把你拉扯大，从没求过你什么吧？这次，就算我求你了，认下你这可怜的生母吧！你和阿刚不会拒绝吧？"伊婷说："就算真有这么一个生母，我也不想去认。她生下来就把我扔了，这样狠心的母亲，我何必去认呢？"母亲说："阿刚，我想听听你的意见。"阿刚还没来得及说话，他的手机就响了。也许是为筹备明天婚宴的一些小事，阿刚接完电话，就匆匆告辞。母亲送阿刚出来的时候，说："阿刚，你和伊婷去旅游度蜜月的时候，你好好劝劝伊婷吧。她也许会听你的。她的亲生母亲太可怜了，老伴没了，身边一个亲人也没了。孤零零一个老太婆，还一身的病，你们不管她，她这日子可咋过呀。"

度完蜜月回来，伊婷的母亲就问阿刚，是不是劝过伊婷？阿刚不解地问："妈妈，问句不该问的话，您老人家为何非要劝伊婷去认自己的生母呢？难道你把她抚养成人，就是为了让她们母女相认吗？你不怕失去伊婷吗？"母亲说："以前怕，但现在不怕了。就是真失去了伊婷，不是还有你吗？"

阿刚有些感动："妈妈，你真的这么想吗？"母亲说："一个女婿半个儿，我没儿子，当然就拿你当亲儿子。我现在又多了一个亲儿子，等我老得走不动了，就是伊婷不管我了，不是还有你吗？"阿刚说："妈妈，就冲你今天说的这番话，我也要劝伊婷认下她的生母。"

阿刚没想到的是，伊婷并不是那么好劝的。她没等阿刚把话说完，就对阿刚摆出了一大堆不认生母的理由：养母情，似海深。难道你连这个道理都不懂吗？再说，当初，不管什么原因，我的生母抛弃了我，如果不是我现在的妈妈收养了我，也许我早就冻死饿死了。这么些年，我的生母她早干什么去了？现在老了，身体不好了，需要人伺候了，又想起我这个女儿来了，换了你，会认吗？

阿刚说："说实话，换了我，也不会认的。难道你没觉察到吗，我们在外旅游了这么些天，我一直就没劝你认生母的事。"伊婷说："可你现在为什么劝我？"阿刚说："是因为妈妈在求我劝你认下生母。她老人家说只要你能认下生母，就算是你报答了她对你的多年养育之恩。妈妈真是一个善良仁慈的好母亲。"阿刚苦口婆心，把嘴皮子都快要磨破了，伊娉总算是勉强答应了。阿刚陪着伊娉去认下了生母。血缘这东西真是太不可思议了，伊娉自从见了自己的生母后，便不再像原来那样对生母怀有偏见。一天到晚总是牵挂着生母的生活起居。她对阿刚说："我没去见老人家之前，总是有些怨恨情绪，可是看到老人现在的身体这么差，心里又不是滋味。"

阿刚劝伊娉："把老人接来和我们一起住吧。这样你就不用老是放心不下了。"伊娉真就把生母接到家中来。伊娉的养母也隔三岔五来陪伊娉的生母说说话。两个老太太格外的投缘。伊娉的生母身板也比原来好多了。没想到的是，伊娉的养母却忽然查出患了不治之症。老太太在弥留之际，老是拿眼看着阿刚，像是有满腹的话要对阿刚讲，可是又说不出一句囫囵话了。阿刚附在老太太的耳边，说："妈妈，你放心，我会好好疼爱伊娉一辈子的。"老太太轻轻摇了一下头。阿刚又说："我和伊娉一定会好好伺候她的生母的。"老太太还是轻轻摇了一下头。

伊娉把阿刚叫到一旁，哽咽着说："妈妈最放心不下的是你。"阿刚一脸诧异："我一个大小伙子有什么放心不下的？"伊娉说："你还记得吗？我们没结婚时，妈妈试探过你，说电视上有一个儿子就是不肯认下自己的生母。当时你说不认就对了。抛弃亲生骨肉的母亲，不认也罢。"阿刚说："记得，我是说过这话，怎么了？"伊娉说："妈妈一直有个愿望，她想等以后咱们有了小宝宝，在你做了父亲的那一天，再送给你一件珍贵的礼物。可是，现在妈妈却说不出话来了。"

阿刚被伊娉的话搞得丈二和尚摸不着头。他对伊娉说："你是不是被妈妈的病吓坏了，脑子有了毛病？妈妈要送我什么礼物？"

伊娉说："妈妈想让你认下自己的生母！"

阿刚说："你越说我越糊涂了！"

伊娉说："实话对你说吧，妈妈是怕你以后也不会认自己的生母。因为我本来就是妈妈的亲生女儿，而我现在认下的生母，其实就是你的亲生母亲呀！"

拯救

林辉患了肾病，在医院里靠透析维持生命。他不想治了，因为家里的钱也都花光了。林辉的母亲说："只要有希望，就是砸锅卖铁也要治！"

现在的麻烦不光是钱的问题，是林辉需要换肾，又找不到肾源。他的父母一边四处打探肾源，一边东家西家地凑钱。现在，林辉有好几天没看见父亲了。林辉不放心，母亲告诉林辉，说你爸去了外地的亲戚家借钱去了。林辉的情绪有些失控。一会儿把护士送来的药片扔掉，一会儿又要拔打吊瓶的针管子。这一切都被和林辉同住一个病房的病友李亮看在眼里。李亮示意林辉的母亲到外边休息一会儿。李亮劝林辉："有病最怕的是心情烦躁。病来之，则安之。你这样折腾对病情非常的不利。"在李亮的劝说下，林辉好像安静了许多。

林辉对李亮说："我真羡慕你。听说你和你父亲的肾移植配型检测结果出来了。后天你就要做换肾手术了。可我到现在还没找到肾源。有亲生父母真好。"

李亮不解地问："难道你不是亲生父母？"

林辉摇摇头："不是。我是他们抱养的。我的父母死于一场车祸。后来，现在的养父养母就一直把我带大。不知为何，这几天一直没看到我父母的肾移植配型检测结果，不知是配型成功但他们害怕不敢手术，还是配型不成功……"

李亮说："别灰心！要坚持！一定会找到肾源的！如果我手术成功能活下来，一定呼吁我的家人和朋友来帮你！你父亲这几天没来是到外地找亲戚借钱去了。"

林辉没有再说什么，打他记事那天起，就没听说过他们家有外地的亲戚。林辉凭直觉，以为父亲可能是要放弃对林辉的治疗了。过了几天，李亮的肾移植手术做得非常成功。林辉的母亲告诉林辉，说林辉这两天也要做肾移植手术，已找到肾源了。林辉问从哪找到的肾源？母亲吞吞吐吐不想说。又过了几天，林辉的肾移植配型手术也做得非常成功。林辉和李亮从此就成了无话不谈的好朋友。他们相互鼓励，说咱们大难不死必有后福。

两人快出院时，李亮问林辉："你知道是谁给你捐的肾吗？"

林辉说："不知道。我问过，一直没问出来。"

李亮说："是我父亲给你捐的肾！"

林辉一头雾水，说："不是你父亲给你捐的肾吗？怎么又成了给我捐的肾呢？"

于是，李亮就给林辉讲了事情的来龙去脉。原来，李亮父亲和李亮的肾移植配型没有成功。林辉的父亲和林辉的肾移植配型也没有成功。当时，两个都不能为自己儿子捐肾的父亲万般无奈想出一个办法：两个父亲同时再和对方的儿子做肾移植配型检测。结果让两个父亲惊喜万分！两个父亲分别能为对方的儿子捐肾！

当时，林辉的父亲不让林辉的母亲把这个结果说给林辉，怕林辉有心理负担。那几天，林辉的父亲除了四处筹钱，还回了一趟老家。父亲把老家的一切都收拾好，把和乡里乡亲借的钱一笔一笔都核实记准在一个小本子上。他怕一旦出了意外，林辉的母亲不知借钱的数目。做完这一切，他就悄悄回到医院为李亮捐肾。那几天因为李亮的母亲提心吊胆，一下子病倒了。李亮的父亲只好等妻子病好些后才给林辉捐的肾。李亮的父亲在为林辉捐肾的前几天，被林辉的父亲能给养子捐肾的事深深打动，主动提出来，要把林辉手术不够的钱都由他来出。两个父亲说以后不管两家谁有了困难，另一家都不能袖手旁观……

当李亮把这个秘密告诉林辉后，林辉为了感谢李亮一家，他也告诉了李亮一个秘密。原来，李亮也不是亲生父母。因为父母前些年一直不能生育，就抱养了李亮。这件事李亮是不知道的。是林辉的母亲有一次在和林辉聊天时，无意说出来的。是李亮的父亲向林辉的父亲成了患难好哥们时，说给林辉的父亲的。在知道真相后，李亮什么话也没说，但林辉和李亮俩人的眼圈儿同时都有些发红。李亮去病房收拾东西时，林辉一个人走到医院的花坛前，悄悄把贴身衣兜里的一张白纸拿出来，然后他的手里就是一大把碎纸片。那是他有一段时间见不到父亲时，悄悄背着人写下的遗书。现在，他要好好地活下去。为父亲，也为自己。他的手里的碎纸片像一只只白色的蝴蝶，扑棱着翅膀，欢快地飞呀飞。飞得无影无踪。

爱的声音

张强在上班的路途中遇上了车祸，被送到医院抢救了好几天，虽说保住了一条命，但却成了没有知觉的植物人。

　　张强的妻子李艳艳天天守在医院，吃不好睡不好，眼瞅着快要熬垮了。李艳艳的母亲心疼女儿，对李艳艳说："艳艳，好孩子，不要再苦自己了，咱认命吧。张强这个样子是没指望了，再治下去也是个花钱的无底洞，好在你们也没有孩子，医生都说了，这病没希望了，你该为自个儿的以后做做打算了。"

　　李艳艳摇摇头，对母亲说："妈，你要是真心地疼我，就该多给我加油，让我在张强最困难的时候，寸步不离地守在他身边才是啊。再说了，医生只是说希望不大，也没说一点希望也没有啊。"

　　其实，从医生和李艳艳谈话的那一天开始，李艳艳就知道她要面临的困难是什么。张强脱离生命危险后，虽说手脚会轻微动一下，亲人叫他的名字时，也能动一下，但却一直睁不开眼睛，更不能开口说话。她天天在病房里轻轻喊张强的名字，几天下来嗓子喊哑了，但她含上一片治嗓子的药片，仍然继续喊。有时实在喊得太累了，她就轻轻给张强唱他以前最爱听的那首《知心爱人》。大半年下来。张强的病情一点转好的起色都没有。

　　李艳艳那天晚上跑回家翻箱倒柜的，找出了一封很厚的信。那封信装在一个牛皮纸袋子里。李艳艳静静地坐在沙发上一页一页地翻看那封很厚的信。看着看着，李艳艳就哗哗地掉眼泪。

　　第二天早上，李艳艳早早地来到了张强的病房前，慢慢地掏出了那封信，说："强，我不是故意要拿这封信来念给你听的，但在你的内心，也许这封信能让你唤回一些以前的记忆，无论如何这封信在你的心里一定是有分量的。"

　　李艳艳坐在张强的身边，轻轻地读那封信："强，当你看到这封信时，不知你是在家还是在单位，天都黑透了，我想你一定是下班后在家陪你的娇妻，对吧？我知道你很爱你的妻子，但你也很爱我。因为我是女人，知道你一直想要个小宝宝，可你的妻子一直没能给你怀上个小宝宝。你虽然从没和我提起过这件事情，但每次当我俩单独在外边吃饭时，我都从你紧锁的双眉中看出了你对孩子的渴望，也看出了你对我的爱恋。但你又是一个善良的男人，因为你不忍心伤害你的妻子，所以你总是把你对我的感情深藏不露，尽管如此，我依然能理解你的内心痛苦……"

"艳艳！他是个病人，你却在他跟前念这些乱七八糟的东西，他都这样了，就算他真在外边做过对不起你的事，你也不该现在在医院里和他过不去啊。"艳艳的婆婆也不知何时站在了艳艳的背后，婆婆一脸的不高兴。

艳艳忙把信放回随身带的小包包里，她转过身对婆婆说："妈，你以为我念这封信时心里会好受吗？我每念一个字，就像是有人在我的心头插上一根针，我都快要被扎得七窍流血了，只是血流在了肚子里，外人看不到罢了。"

婆婆说："不好受你还念个啥啊？"

艳艳说："我是在他还没出车祸前给他洗衣服时从他裤兜里发现这封信的。我就是因为太爱他了，才悄悄把信锁起来没有闹他的。我本想等找个合适的机会问问他的。没承想他却成了这样子了……"

婆婆更加的丈二和尚摸不着头了，说："难道你是因为爱他才这么做的啊？"

艳艳说："妈，你想啊，他这种病，什么事让他印象最深，他恢复知觉的可能性越大，我是把这封信当成治病的药引子啊，你能明白我的苦心吗？"

还没等婆婆说话，忽然娘俩同时看到张强的手微微动了一下，又动了一下。然后，他的眼角竟有了细小的泪珠，一颗！又一颗！

"妈妈，你看，他一定是听到了我们的谈话了，他有了听觉了！"

"是的！是的！老天！保佑我儿子快快好起来吧！艳艳，是妈妈错怪你了。你为我的儿子，受了多大的委屈啊！老天一定也会保佑我的好儿媳妇的！"

婆媳俩在那一瞬间情不自禁地抱在一起喜极而泣。这时，一个更加想不到的奇迹出现了：张强眼里的泪越流越多，竟像是冲破堤坝一样，一双泪水奔涌的眼睛竟破天荒睁开了！然后，睁开眼睛的张强深情地看一会儿妈妈，又深情地看一会儿艳艳，他想说什么呢？其实张强想说的事真的是出乎任何人的预料！原来，他一直在内心深深地爱着妻子艳艳的，但他们结婚后好几年一直没有孩子。不光他想要个孩子，他看得出艳艳更想能早一天怀上个小宝宝。他曾经私下里悄悄去过医院看过。诊断结果是他终生都没有生育能力了。他不忍心把这个消息告诉妻子，但他痛苦了很久后，想来想去，如果把实情说给妻子，她是不会离开他的。他太了解艳艳了。他决定做出一个有外遇的假象，那样，艳艳会伤心地离开他。艳艳只有和他分手后，才能重新组成一个新的家庭，找回真正属于她的幸福。于是他找人写了那封信，然后放在自己的裤兜里，这几天，他一直在等艳艳和他闹，但奇怪的是都好几天了，艳艳一直没问他信是谁写的。这让他有些沉不住气，因为精力不集中，才出了车祸。因为他的内心真是太爱艳艳了。其实，他好想把这一切都说给艳艳听，只是，真的不知道，到底老天会不会给张强诉说的机会呢？

也许老天会给，也许张强永远不会有这样的机会了，谁知道呢。

一串钥匙

那个小男孩也就五六岁的样子，长得虎头虎脑的。他一直倔强地往前走。

他明明听到身后的喊声，依然顽强地往前走。往前走。

小家伙很聪明，他不跑，只是快速地迈动着两条小腿，尽最大的努力向前方走去。只要一跑，马上会被跟在后边的父亲扯住胳膊，那样，他就一步也挪不动了。刚才，他跑了没几步，就被父亲拦住了。他像头小豹子一样，在父亲手腕上用力咬了一口，父亲疼得直叫，但仍不敢松手。看样子父亲是铁了心不让儿子跑，父亲只允许儿子一步一步地朝前走。

阳光一缕一缕地穿过马路两旁的树叶，照耀着小男孩一双愤怒的眼睛。他的眼睛里有两团委屈的火苗在一闪一闪，像是要随时都会燃烧起来。父亲也在极力地压抑着自己的情绪，父亲的心里肯定是不想让儿子眼里的火苗燃烧起来，那样会越烧越旺。父亲怕的就是这个。

父亲被儿子咬得龇牙咧嘴。但父亲是绝不会被儿子咬动摇的。父亲的双手死死地抓紧儿子的衣角。

父亲说："你不要命了？让车撞着咋办？"

男孩像头困在笼子里的小兽，眼睛一直望着远处他要寻找的目标。

他发现离那个目标越来越远了。

小男孩声音有些绝望地对父亲说："放开我！我不跑了，我往前走。"

趁父亲不留神，小男孩从父亲的怀里挣脱出来，没命地往前走。

他不敢再跑，并不是害怕被路上的车撞上。他是怕又要被父亲拦住。那样，就会多耽搁好大一会儿时间，离他要寻找的目标就会更远了。

小男孩往前走的时候，眼睛里哗哗往下淌眼泪。他恨自己的步子迈得太小，身上的力气太小，自己的个头也太小，不然，他才不会听父亲的话，早撒丫子跑远了。可现在不行，他一跑，父亲的两只手马上像大铁钳子一样把他夹住，一步也动不了。

忽然，小男孩的眼里有了一层喜悦的光芒。

隔着前边那么多的车，那么多的人，男孩竟能依然看得见他要寻找的目标。

男孩期盼着马路上出现好多好多的汽车，那样，他就会和前面的目标缩小距离。

男孩没想到的是，路上的汽车也好，自行车也好，只要等路口的绿灯一亮，马上就像川流不息的河水一样欢快地流向远方。男孩就想起了电视里卡通片上的孙悟空。自己要是有孙悟空的本领就好了，从头上拔根头发，轻轻一吹，就变成了一块大石头。然后把大石头搬来挡在马路中央，把所有的汽车摩托车自行车，统统挡在路上，把路口堵塞得严严的。那样，他就能不费吹灰之力赶上前边的目标。

男孩正在胡思乱想的时候，忽然间发现他要寻找的目标已离他越来越远，越来越远，渐渐地，远方的目标变成了一团模糊的影子，终于从他的视线里完全消失。

男孩的心顿时凉透了。

男孩要寻找的目标就是他世上最亲的妈妈。在男孩的心目中，妈妈就是他的全部。他只想和妈妈天天在一起，他只想让妈妈和爸爸也天天在一起的。男孩渴望一家三口都能天天在一起。可男孩这个小小的愿望却很难实现了。男孩知道，他的那些个小伙伴们大都是和爸爸妈妈幸福地生活在一起。男孩羡慕他们。但男孩不想把这种羡慕表现出来。男孩甚至有时会对他的小伙伴们说："爸爸妈妈天天在一起有什么好？大人们一心烦了就吵架。一点意思也没有。"男孩每次在外边说这些话的时候，神情都很认真。一双大大的黑眼睛一眨不眨地盯着小伙伴。如果小伙伴们点点头同意了他的观点，他就会把爸爸天天塞到他书包里的巧克力呀奶油饼干什么的，一股脑儿全分发给小伙伴们。如果有不买他账的小伙伴说还是爸妈在一起生活好，他就会像斗鸡一样瞪着一双大眼睛，和人家吵架。有一次，那个说爸妈在一起生活好的伙伴长得比他高，也比他胖。结果动起拳头来，他被打得鼻青脸肿。妈妈心疼得不得了，要去学校找老师，爸爸在一旁沉着脸冲着妈妈冷笑。

爸爸说："要不是你在外边乱来，儿子哪能和人吵架？饮水思源，问题的症结出在你这里。"

妈妈一下子被爸爸的话激怒。一张好看的苹果脸庞成了紫色:"你不要话里带话好不好?桥是桥路是路。孩子在外边被人打了,受了委屈,你这当爸爸的不去替儿子讨个公道,却像个缩头乌龟待在家里长能耐。"

爸爸的手在空中扬了一下,就把桌上的杯子摔在地上,杯子碎裂的声音把男孩吓得不知如何是好。爸爸说:"你早就把绿帽子给我戴上了!你和张涛那小子好了三年我才知道!你在家才是长足了能耐!"

妈妈也不示弱:"那你和李娜好了多少年才让我知道的?"

爸爸说:"要不是你和张涛有一腿,我怎么会和李娜搅在一起?你还好意思说?"

妈妈说:"不要倒打一耙好不好?没准你早就和李娜有一腿了呢!"

男孩早就对爸爸和妈妈之间的战争习以为常。他懒得搭理。往往在这种时候,父母也顾不上他。有时他能感觉得到,在父母争吵激烈时,他们会不经意地看他一眼,那眼光有时会是不耐烦的,尽管那种不耐烦只是闪现在瞬间,但小男孩还是能捕捉得到的。他悄悄打开房门,悄悄走下楼。他要去见一个人。

男孩胖乎乎的小手一直在紧紧地攥着那把闪闪发亮的钥匙。小家伙松开手,望一眼被手心儿里的汗水浸湿的钥匙,心中所有的希望都随着钥匙上冒出来的热气一点点地慢慢消失了。他本以为只要把这把钥匙递到妈妈手上,妈妈就不会离开他和父亲的。因为他听到父亲和妈妈吵架时说过钥匙的事。

父亲说:"把钥匙留下。"

妈妈说:"等过几天吧。也许我还会回来看看儿子的。"

父亲说:"不行,把钥匙留下。人都要飞走了,拿着钥匙有什么用。"

妈妈当时很生气,哗啦一下就把那串钥匙扔在电视机橱上。

那串钥匙顺着橱子缝滑到了地上。

妈妈走后，父亲想挪动一下橱子，结果试了几次都没搬动。父亲就让他把小手伸进橱子缝里摸索一下，他对父亲说："没有。橱子后边什么也没有呀。"

等父亲去厨房做饭时，他就悄悄把那串钥匙从橱子后边拿出来，然后悄悄藏了起来。他一心想把钥匙悄悄送给妈妈，那样，妈妈就能常常来看他了。可是，现在所有的希望都成了泡沫。他追不上前边那辆汽车了。妈妈就坐在车子里，他刚才看得清清楚楚，车上，妈妈穿着漂亮的长纱裙，就和电视上结婚的人穿得一模一样。妈妈的身旁坐着一位胸戴红花的叔叔。他说不上为什么，就是从心里讨厌这位叔叔。尽管叔叔给他买这买那，可他就是不肯到妈妈和叔叔布置的新家。

男孩望着钥匙，绝望的样子让父亲心里很不是滋味。但父亲不敢硬让儿子回家。儿子要他答应不把那位阿姨娶回家，并要父亲答应永不给他找一个新妈来家。儿子固执地认为，总有一天，妈妈会离开那位叔叔，回来和他们父子团圆的。但他无法答应儿子的。因为他正打算重新装修房子，过不多久，他就又要做一次新郎了。

儿子是在天快黑的时候，才无精打采跟着父亲往回走的。他从心里不想让父亲把这串钥匙给那位即将来做他新妈妈的阿姨用。他趁父亲不注意，悄悄把钥匙扔进了路边淌脏水的下水沟里了。

然后，男孩就莫名其妙地蹲在那里呜呜地哭泣。两个肉墩墩的小肩膀一耸一耸的。

父亲说："男子汉是不轻易哭鼻子的。你什么时候想妈妈的时候，我送你过去就是了。"

男孩哭泣着说："谁说我是为了想妈妈才哭的？"

父亲就问他，好好的，到底为何哭？

男孩还太小，有好些的话不知如何才能表达出来。男孩天生是个敏感的孩子，他哭泣的真正原因是：他忽然感觉自己就是那串钥匙。

神秘的乡下猫婆

　　那一天的阳光竟是出奇的好，蓝莹莹的天空镶嵌着像棉絮一样好看的白云彩。它们肩挨着肩，一朵连着一朵，像是早就商量好似的，自由自在无拘无束绽放在秋天湛蓝的天空。

　　就是在这样的一个秋高气爽的好天气里，一个神秘的老女人走在乡间的窄小的泥土路上。

　　没人知道她是从哪里来，更没人知道猫婆要到哪里去。从她出现在这条小路的那天起，一直到现在，这个村子里所有的人都不知道她的老家在哪儿。她姓什么叫什么更是无人知晓。村子里的人只知道她爱猫如命，便喊她猫婆。大人孩子都这样喊她。

　　到现在大伙儿对那天她出现在小土路上的情景还记得清清楚楚。那是一个午饭后的下午，村子里的很多女人和老人都看到打村外有个人往这边走。走近了细看，是一个老女人，她的怀里抱着只昏昏欲睡的猫向村子走来，看样子她是路过这儿的。她本来是目不斜视一直往前走的，偏偏这时怀里的猫像是突然间从梦中醒来，从老女人怀里挣出来，一下子跑到路边那间墙壁上长满青草的小石头房子里去了。老女人也跟了过去。

　　老女人和猫就住在了小石头房子里。

　　很早以前，房子的主人是个看场园的老光棍汉，他死后，房子一直空着。已经空了好多年了。也许猫婆和她怀里的猫和这间被人遗弃的小房子有着某种不解之缘吧，竟一点也不嫌弃这房子漏风漏雨，当真住了下来。

从此以后，这个被村子里人唤作猫婆的老女人就开始了她的新生活。她不喜欢和村子里的人来往，她只是喜欢和猫住在一起。小房子里的猫越来越多，后来实在住不下了，猫婆就花钱雇人在小房子的跟前搭了个猫棚。搭棚的那天，猫婆买了上好的烟，上好的酒。工料是村子里的人带来的，搭成后再由泥巴匠估价。说来也怪，令村子里的泥巴匠不解的是，尽管他们故意把工钱要得很高，高得堪称天价，但猫婆像是看不出来，任由工匠们出价，一声不吭就把钱递到人家的手上了。

猫婆好像天生就是个养猫的女人。她的头上肩膀上胳膊上，分分秒秒都有猫伴随着她。小石头房子里每天都会飘出好闻的红薯香味。那是猫婆在烧火煮红薯。等猫婆揭开锅盖时，那些猫便会把猫婆团团围住，猫们知道它们一天的吃食全在锅里呢。袅袅热气中，猫们看到猫婆的脸上会现出平时难得见到的红润。它们像猫婆爱它们一样也在深深爱着猫婆。有时猫婆病了，猫们就会围在猫婆的床前叫呀叫的，猫们的眼睛像一颗颗璀璨的宝石在猫婆的脸前闪呀闪的，喵喵的叫声如音乐般抚慰着猫婆寂寞的心灵。置身在猫们给予她的温暖中，猫婆的病就会奇迹般不治而愈。

猫婆把她的生命，她的感情，她的寄托，她的一切，全部交给了这些可爱的小精灵。

猫婆有时会情不自禁地说一些只有她和猫才能听懂的悄悄话。

"我不能给你们最好的吃食。"

"也不能给你们舒服的住处。"

"可你们从没嫌我。"

"也从没抛弃我。"

"我也不会抛弃你们的。"

"永远都不会。"

"相信我。"

猫一定是听懂了猫婆的话，猫的眼睛愈加温柔明亮。

"谢谢你们啊。"

说着，猫婆常常会感动得热泪盈眶。

村子里的人来告诉她："我们这一带还从没出现过你这样的女人。"

猫婆说："哦。"

"这里的女人家家都养鸡。"

"哦。"

"养鸭。"

"哦。"

"养猪。"

"哦。"

"养羊。"

"哦。"

"可你偏偏养了这么一屋子的猫。"

"养猫不好吗？也没碍着你们什么啊。"

"不是好不好的问题，鸡鸭可以下蛋卖钱，猪羊也能杀肉换钱，养猫有什么用处呢？"

"难道人有什么爱好都要和钱连在一起吗？"

"有钱才能过好日子，有好日子过心里才会高兴啊。"

"我养猫就是为了心里高兴。"

村子里的人不再理睬猫婆，悻悻地走了。

猫们望着走远了的那几个人，眼中有了淡淡的忧郁，像无助的孩子看着猫婆。

猫们似乎有了某种不祥的预兆。

猫婆拍拍它们的脑袋，说："没事的，你们又不祸害人，他们也不会祸害你们的，放心好了。"

令猫婆不解的是，无论怎样安慰，猫们好像并不太相信她的话，一天到晚都是忧心忡忡的样子。

猫婆感到很好笑，心想，猫总归是猫。猫太小心眼了。

过了没多久，让猫婆意料不到的事发生了：猫们全都离开了她！

猫棚里一只猫也没有了，统统不知去了何处。

猫婆跌跌撞撞来到了村子里，找遍了村子的旮旮旯旯，仍未见猫的踪影。

猫婆病了。病中的猫婆百思不得其解的一件事就是：她是那样的钟爱猫，可它们为什么要抛弃她？

猫婆快不行了。

那些放学归来的孩子仨仨俩俩地又来猫婆的小石头房子看她来了。家里的大人是不允许孩子们来看猫婆的，他们告诉孩子，说，猫婆养了一屋子的猫，是个有妖气的疯婆子，离她远点。可在孩子们的心目中猫婆并不是个坏人。他们来玩时，猫婆总是把平时舍不得吃的糖果拿出来让孩子们吃。一开始孩子们不好意思吃，猫婆就不高兴，只有等到孩子们把糖果拿在手上，猫婆才会笑眯眯地领着孩子们去猫棚看那些可爱的小花猫。有时猫婆还让孩子们给猫起名字。

孩子们只能在放学时悄悄来看猫婆。

可是，无论孩子们对她说什么，猫婆都不再睁眼。

有个大点的女孩子，她叫晶晶，她是这些孩子当中最受猫婆宠爱的女孩子了。晶晶也很喜欢平时有事没事地来陪陪猫婆。当然，晶晶除了喜欢陪猫婆，更喜欢陪猫婆养的这些可爱的猫。晶晶有时会从家里悄悄带些好吃的零嘴，来了悄悄给那些长得可爱的猫吃。有时是几根火腿肠，有时是几块巧克力饼干。每一次猫婆发现晶晶带着零食儿来给猫吃的时候，猫婆都会悄悄趁晶晶和猫们在一起玩的时候，把她平时舍不得吃的一些小零食放进晶晶的书包里。

晶晶有一次发现了，就有些生猫婆的气。

晶晶说："奶奶，你为什么要这样啊？"

猫婆笑眯眯地对晶晶说："因为奶奶喜欢你。因为你和奶奶一样都喜欢这些猫啊。"

晶晶说："以后奶奶不要再往我的书包里放吃的东西了。你直接给这些小花猫吃吧。让它们吃了我会更高兴的。"

现在，晶晶看着奶奶躺在床上，无论她怎么喊奶奶，猫婆都不再睁开眼。

晶晶悄悄对小伙伴们说："奶奶是在想她的那些失踪的猫呢。奶奶太可怜了，我们学猫叫吧。"

孩子们学得很像，"喵喵——喵喵——"

猫婆竟睁开了眼睛。可猫婆已经看不清眼前的一切。但她一定是听到了孩子们的叫声。孩子们看见，猫婆笑了，笑成了一朵九月里的菊花，但只绽放了一小会儿，就一点一点地在孩子们眼前凋谢了。

猫婆和孩子们永远不会知道，那些猫被村子里的人装到麻袋里，悄悄扔到河里去了。

宏家铺子

宏家铺子在县城里是个老字号的店铺。专门经营各式各样的咸菜，味道独特。宏老板人缘好，常为街头的乞丐施舍些稀粥菜饼什么的。口碑颇佳，生意一直红红火火。

那年夏天，到了雨水季节，护城河里的水已淹没了桥墩。宏家铺子紧挨着护城河，院墙被河水冲垮了，一缸缸的咸菜顺着河水漂走了。没漂走的也被淹在水中。再好的咸菜，着了雨水就会长白醭腐烂。

宏老板急得嘴上长了水泡，忙把账房先生叫来，说是要快快找来泥瓦匠，预算一下修筑院墙的费用。别的事都往后拖，先垒院墙要紧。要说起这院墙，可真成了宏老板的一大块心病。年年垒，年年又都被河水冲塌。铺子里每年都要烂掉好多咸菜。

当修筑院墙的料备齐后，在开工的酒席上，宏老板心口疼的病又犯了。病一犯，宏老板就要回乡下医治好长时间才好。宏老板想走，又不放心垒墙的事。交给账房先生，又觉不妥，毕竟是外人。以前犯病时都有少爷主持店铺里的事，可现在少爷去外县进货，一时半会儿又回不来。

这时，少奶奶说垒墙的事交给她好了。

宏老板有些不放心，少奶奶是今年春上才嫁过来的新媳妇，对铺子里的事又不太熟悉。一个妇道人家，又这么年轻，能行？

就在宏老板犹豫不定时，来接宏老板的马车已到了县城。

少奶奶给公爹跪下磕过头后，说，放心好了，如若垒墙出了差错，情愿受罚就是了。

宏老板左叮咛右叮咛，直到账房先生也过来，保证一定要帮着少奶奶打理好铺里的事，宏老板这才坐上了马车走了。

少奶奶做的第一件事，就是吩咐厨师把午饭由原来的白面馒头改成黑窝头。把大锅菜猪肉炖粉条换成胡萝卜咸菜。

中午歇息时，泥瓦匠个个一脸的厚云彩。

少奶奶过去和他们说话，也没人给她好脸。

账房先生过来劝干活的师傅，说，兴许，少奶奶是想在过晌的饭里多加些酒菜什么的，怕中午喝了酒误事。

可等到了过晌开饭时，还是老一套：咸菜窝头，外加白开水一大碗。这下可惹恼了干活的师傅。一个个鼻子不是鼻子脸不是脸的。

第二天，仍是咸菜窝头。

第三天，账房先生沉不住气了，对少奶奶说，以前，老爷都是好酒好菜地伺候，你这样，人家能给咱把墙垒好吗？

少奶奶不说话，只是眯眯地笑。

歇息时，干活儿的师傅私下里商议：这个少奶奶也太抠门了，她以为这样能省好些银子哩，咱给她来个磨洋工，出工不出力。垒的时候，多加石灰，多给她费料，反正是按天数算钱。表面上看她是省了，实际上咱要叫她哑巴吃黄连，有苦说不出。

主意一定，这伙子垒墙的人可就不再好好干活了。干不了一个时辰，就要扎堆在树下摆龙门阵。一天干不了几瓦刀的活。那墙垒了十多天，也不见往高里长。

账房先生可真急了，对少奶奶说，平时老爷连叫花子都管，你也太狠心了。做人要厚道。你把人都得罪光了，往后铺里的院墙再塌了，看谁还来修？

少奶奶还是眯眯地笑。

少奶奶说，我就不信这个邪，干活给工钱，一个子儿也不少他们的。他们是来干活儿的，又不是来坐席的。只要他们搭得起工夫就行。我奉陪到底就是了。

账房先生说，早几天完工就把工钱省出来了，你这样花销会更大，看着吧。

账房先生还想说点什么，少奶奶仍是脸上挂着笑，问账房先生：这垒墙的事，到底是你来管，还是我来管？

账房先生可真生气了，再也不来过问垒墙的事了。

往年三四天就能把院墙垒好，这次整整垒了一个多月才完工。

喝完工酒那天，少奶奶过来敬酒，满桌子的人没一个搭理她的。

少奶奶躬身施礼，说，诸位师傅，等会儿我敬完酒，就把工钱付给各位。

几位师傅仍不搭茬。

喝完酒，少奶奶出来送师傅时，把工钱发给了他们。发完，少奶奶又笑眯眯地说，师傅们慢走。

少奶奶又让店里的伙计给每位师傅多发了一个红包。

少奶奶说，这是我给各位的赔罪钱。这笔钱远远大于你们应得的工钱。我只样做，也是迫不得已。

几位师傅还是不明白少奶奶的意思，稀里糊涂地接过多给的红包，就都醉醺醺地走了。

等宏老板病好回来后，问少奶奶到底是怎么一回事？

少奶奶说，咱家的院墙年年修，并不是因为河水太猛的缘故。

宏老板说，那是什么缘故？

少奶奶说，以往，你总是天天好酒好菜地招待，人心都是肉长的，人家恨不得一天当五天用，石灰尽量省着用，结果墙就垒不坚固。我这次就是要让他们垒得越慢越好，晾好了茬，这墙就不怕河水冲了。以后再也不用年年垒墙了。

果真，宏家铺子的院墙再也没被河水冲塌过。

荷花

小鹅是个乡下女孩儿。小鹅七岁那年，妈从柜子里抽出一块苹果绿颜色的布料，给小鹅缝了一个布书包。缝完，妈又在书包上用粉丝线绣了一朵娇得不能再娇的荷花。小鹅背着书包去上学，一班的娃儿都没有小鹅的书包出眼，扎小辫子的老师发新书的时候，拿着小鹅的书包左看右看，爱不释手。

小鹅放学回家，妈正在栏里喂猪。小鹅对妈说："老师夸我的书包好看，还夸我长得好看。"妈的眼睛笑成了月牙儿。妈指着小鹅的鼻子说："小鹅你好没羞呵。"

妈的手指头肿得像胡萝卜一样粗。

"又是让爸打的吧？"

"不是。在栏里喂猪不小心碰的。"

"骗人。我看见好几回了。爸老打你。你还不承认。"

"你还小啊。出去不要对外人乱讲。"

"爸又矮又丑，连妈的一个小拇手指头都顶不上。他是一个丑八怪。"

"小点声啊，看让你爸回来听见。"

"丑八怪！丑八怪！"

这时候爸赶着几只老绵羊从地里回来。爸冲着小鹅骂了句："野种！"爸手里的鞭子甩得叭叭响，眼珠瞪得像铜铃铛。妈说："看这一头一脸的汗。小鹅，去给你爸拿块毛巾来。"

小鹅垂着头站在院落里不动弹。小小的人儿却有了心事。爸为什么老骂自己是野种呢？小鹅弄不懂野种是什么意思，更弄不懂妈长得那么漂亮，连扎小辫子的老师都夸妈是全村女人中最漂亮的一个。可是妈为什么害怕又丑又凶的爸呢？爸每次打妈的时候总是一遍遍地重复："连个儿子都给我生不出来。养只鸡会下蛋，喂条狗能守夜。没用的东西！"

第二天小鹅再去上学时，绣着荷花的新书包沾上了好多脏泥巴。扎辫子的老师问，小鹅就委屈地趴在课桌上呜呜地哭。小鹅对老师说："爸打我。还把脸盆里的脏水泼在我身上。骂我是野种。"下课后，老师把小鹅的书包洗净晾干。吃过晚饭，扎辫子的老师来到小鹅家里。小鹅爸在地里干活还没回来。小鹅正在屋里写作业。小鹅妈对扎辫子的老师讲了好多好多悄悄话。小鹅几次想跑过来听，都被妈撵回了屋里。小鹅不知她们在说些什么，先是妈一个人抹眼泪，后来扎小辫子的也跟着哭。小鹅好纳闷啊。

小鹅上二年级的时候生了一场大病，发烧烧得人事不省。醒来后，忽然在一夜之间双目失明。小鹅哭了一天一夜。小鹅妈也跟着哭了一天一夜。小鹅对妈说："我再也看不见河里游的鱼，天上飞的鸟了。看不见妈的脸，也看不见老师写在黑板上的字了。看不见了呀。我活着还有什么用啊。"小鹅不吃也不喝，一张小苹果脸蛋儿眼看着黄巴巴地瘦了一圈儿。

小鹅做梦也不会想到她的亲爸竟是城里的一位大画家。画家像是从天上掉下来似的，给小鹅买来好多吃的玩的。画家一再对扎辫子的老师说："谢谢。"对小鹅妈说："我欠你的太多，这些年难为你了。"大人之间的这些事，小鹅想了半天也没想透。大人的事有时候连他们自己都说不清楚呢。画家是来接小鹅去市盲童学校上学的。路上，小鹅对画家说："妈说你最喜欢画荷花了。可我从小就没见过长在水里的荷花是什么样子。"画家让司机停下车，跑到路边的一口大池塘边儿，摘了一朵粉白色的荷花。小鹅紧紧地握着这朵带露水珠的荷花。小鹅对画家说："我知道荷花的样子了。握在手心里就像菜地里的白菜叶儿。更像过年时妈给我买的扎头用的红绸子。"

画家颤着声儿说："对极了。小鹅你的天赋很好。"小鹅不懂天赋是什么意思。在乡下从没人夸过她天赋好。汽车一直开到盲童学校的大门口。父女俩手牵手从车上下来。小鹅死死地拽住画家的手不肯往前走。画家说："小鹅别怕，中午放学我会来接你的。"小鹅说："我不怕。我只是好想能看见你长的什么样子。你是我的亲爸呵。"画家的嗓子眼发紧。小鹅问："能让我摸摸你的脸吗？"画家蹲下身子，小鹅用小手抚摸画家的脸。小鹅说："你的鼻子比我的大。你的脸也比我宽好些。"

"小鹅你摸一下爸的耳朵就知道了。"

小鹅摸一下画家的耳朵，开心地笑了。笑声像清脆的铃声随风飘荡。小鹅说："一样。真的是和我一样的耳朵垂，又圆又大。你真是我的亲爸啊。"小鹅紧紧地搂住画家的脖子。"妈说耳朵垂大的人有福气。我真的好有福气。村里铁蛋和二妞的爸都不是画家。我长大了也能当画家吗？""其实你现在就是一个小画家了。""可我是个瞎子啊。""好画并不一定画在纸上，而是画在人心里。"明媚的阳光下，画家湿润的眼睛流下了热泪，一直滴落到小鹅手中那朵粉白粉白的荷花上。

第二辑
金色往事

会梳辫子的父亲

　　记忆里，我的父母常为柴米油盐等琐事吵闹不休。两人几乎把大半生的精力都耗费在吵闹上。从工作岗位上退下来后，父亲患肺癌住进了医院，母亲患乳腺癌也住进了医院。两人同住一个病房，先后做过手术后，双双躺在病床上化疗，他俩再没有足够的体力吵闹了。两人甚至连说话的力气都没有了。我们去送饭时，经常能看到这样的场景：母亲正在用眼睛提醒父亲把被角掖好，那时已是秋末冬初了，天气一天比一天凉了。母亲是害怕父亲着凉。化疗的病人，最害怕的就是着凉感冒。有时父亲用手指指药瓶，示意母亲别忘了喝药。他俩尽管半天不说一句话，但心里很明白：两人在静静地等待死亡之神的降临。他们的神态让我们做儿女的感到了一种无法言喻的压抑和沉重。我开始怀念以前父母吵架的日子——尽管那时我最头疼的是给父母劝架，可那时的父母精力充沛，那样的争强好胜不服输。化疗后，两人的身体瘦得如两片秋风中飘飞的枯叶，我含泪祈祷上苍："让我的父母多活些日子吧！让他们再痛痛快快地吵架吧！"

　　父母终于在病房里开始吵架了！

　　因为药物化疗的原因，母亲呕吐不止，拒绝吃任何东西。一杯牛奶要让我们做儿女的费半天口舌才喝一小口。父亲也在不停地呕吐，但父亲每次吐完后，仍坚持吃东西。后来，他看母亲不吃东西，便也跟着不再吃饭。他对母亲说："你不吃我也不吃，早死早利索。"父亲说完，啪一下把小勺扔到碗里。母亲说："我吃就是了！遭再大的罪我也吃！"母亲终于又强迫自己开始大口大口地吃东西了。两人都没有力气大声地吵。母亲吃完躺下时眼里流出了泪。父亲背过身面朝墙，我看见父亲眼里也流出了泪。记忆里，这是我第一次看到父亲流泪。那一刻，我被一种酸楚凄凉揪扯得肝胆欲裂。

化疗后不久，母亲大把大把地掉头发。母亲从年轻时就非常喜爱自己的头发。我为母亲梳头时，说："下次我来时带把剪刀，把头发剪短些吧。"母亲哽着声说："好几个月没剪头发了，都快掉光了。剪吧，省得老是掉得让人心寒。"

下次，我带来了剪刀。好心的护士告诉我，父母上午吵过架，千万别再提剪头发的事了。我悄悄走进病房。透过窗户，我看见了夕阳像个烧红的大火球，正在一点一点地朝地平线上坠落。夕阳的余晖中，母亲坐在床沿儿上，脸上竟出现少女般的娇羞红晕。我的父亲在同房病友的注视下，笨拙地给母亲梳辫子。母亲的头发尽管少得可怜，却很长，父亲把母亲少得可怜的长头发分成三股，结果分得一股细，一股粗的，很不匀称，费了半天工夫，总算梳好了。父亲从衣兜里掏出一只黑发卡——天知道他是从哪里弄来的。父亲用了很长的时间，才把母亲的辫子盘了起来。父亲对母亲说："这样盘起来就没人能看出你的头发少了。"这时，同病房的一位女病友哭出了声，她和我母亲一样，她也是患的乳腺癌。她的头上已经光秃秃的没有一根头发了。我悄悄退出病房。那一刻，我好羡慕母亲。羡慕之余，又有些怅然若失，我的父母为什么非要到了疾病缠身的暮年才把精力用在你恩我爱上呢？

走出医院的大门，我直奔商厦。我为丈夫买了一瓶金鸡牌黑色液体皮鞋油。丈夫非常喜欢用这个牌子的鞋油，我平时偏不买这个牌子的鞋油，我为什么要事事顺着他呢？他为什么从没想起来问过我喜欢什么呢？为此，我们常来点小怄气什么的。走在大街上，望着来去匆匆的行人，我好想对天下所有父母大声地喊一句："珍惜活着的每一天吧！让爱的花朵永远芬芳娇艳！"我还想回家悄悄问我丈夫："等我老得奇丑无比的时候，你也会为我梳一条辫子吗？"

金色往事

姑姑走了，永远地走了。我不知八十六岁的姑姑在将要离开人世的弥留之际，她老人家想到了什么，看到了什么。但我能想象得出，老人家是带着未了的心愿离开人世的。她一直在牵挂着她的弟弟——也就是我的父亲。父亲是姑姑活在世上的唯一亲人。我想，一定是这样。她一定是在临终前好想看一眼她日思夜想的弟弟。从我记事的那天起，很少听父亲谈起过乡下老家的事。在我上小学二年级时，老师给我们布置了一个作文题：《我的家史》。在那个年代，每个学生都要写家史的，为的是经常忆苦思甜。那时候我不在父母身边，只好写信让父亲帮我提供素材。父亲很快就回了信，我是一边哭着，一边把信看完的。原来，在我父亲六岁时，我的爷爷去世。我的父亲八岁时，我的奶奶去世。我的姑姑十多岁时就给人家做了童养媳。八岁的父亲成了孤儿后，便靠讨饭为生。有时，父亲实在讨不到饭时，就会情不自禁地讨到姑姑当童养媳的那个村子里去。姑姑每次见到父亲时，总是悄悄塞给父亲一个凉菜团子。那是父亲一天中最高兴的事了。可是父亲并不知道，他每去找一次姑姑，都要给姑姑带来一场灾难。那年月，谁家的日子过得都挺窄巴，我姑姑只不过是个小小的童养媳，竟敢私自给娘家人干粮，自然是要少不了一顿皮肉之苦。就是从父亲的这封信里，我知道了一件事：在非常遥远的乡下，我还有一个做过童养媳的姑姑。她一心想帮助自己的弟弟，却连她自己都帮不了。新中国刚成立的时候，姑姑的男人到外边闯世界去了，在外边闯了四年后，男人回来了，男人的穿戴也很体面了，姑姑以为苦尽甜来，再也不受公婆的气了，再也不受棍棒之苦了，男人要带她出去享福去了，没想到的是，男人又喜欢上了外边的女人！男人这次回来是和姑姑办理离婚手续的。姑姑就这样被自己的男人像扔破衣服一样，给轻易地抛弃了。庆幸的是，姑姑后来又嫁给了一个老实巴交的乡下男人。因为姑姑不能生育，姑夫就把他的侄子过继过来，做了他们的儿子。

在我上小学三年级的时候，父母要带我回乡下老家看看。当时，家里很穷，母亲又死要面子，没钱给我买新衣服，就把我的一件旧条绒褂子放在水盆里，再在盆里兑上一些红钢笔水。母亲还不让我对姑姑说。可我一到了老家，姑姑问我："你脖子上咋这么红？"姑姑用手给我擦脖子上的汗，结果把姑姑的手也染红了。我就告诉了姑姑实情。姑姑当时一句话也没说。现在回想起来，可能是通过这件小事，姑姑大概看出了我父母日子的艰难，所以，当父亲见了姑姑，要给她一笔数目少得可怜的钱时，姑姑说什么也不肯要。

在我的记忆里，老家实在是太遥远了。当时，父母带着我先是坐火车，下了火车坐汽车，再下了汽车又要坐好几小时的自行车。当时，为了省钱，父亲从汽车站附近雇了两辆自行车，我坐在自行车的前大梁上，一坐就是好几小时。一路的坑坑洼洼，把我颠得骨头都快散架了。到了姑姑家门前时，父亲把我从自行车上抱下来，我的脚却麻得没了知觉，也不敢站，也不敢坐，就在母亲怀里哇哇地哭。姑姑是小脚，又要忙着哄我，又要张罗着为我们准备饭菜。一会儿的工夫，就忙得满头满脸都是汗。等饭菜上桌的时候，我说什么也不过去吃饭，因为老家的水又涩又咸，喝一口水，要好半天才能伸长脖子咽下去。当姑姑过来哄我去吃饭时，我还在哭泣个不停。父母觉得很没面子。父亲和母亲都想过来好好教训我一顿。

姑姑说："孩子是因为大老远来看我才遭这个罪受的，今儿个谁要打孩子，就是不给我面子。"

但是无论姑姑说什么，我始终不肯过来吃饭。我在心里一直对这个姑姑是有怨恨情绪的。就是这个其貌不扬的乡下小脚女人，害得我在车上吃不好睡不好，现在还要喝这种要多难喝有多难喝的水。屋子里要多脏有多脏。更讨厌的是，姑姑老是不停地用她粗糙的手抚摸我的额头。姑姑的手像钢锉一样把我的脸刺得好难受。我心里委屈极了。我提出的条件非常苛刻："要我吃饭可以，但明天就要带我回去，我一天也不想多待。"姑姑连忙答应我："黎莹，好孩子，明天就让你爸带你回去。"我这才一千个不情愿地坐到饭桌前。

第二天，我父母要带我去走亲戚，我哪也不想去。只等姑姑劝我父母天黑前带我离开这里。等父母走后，我也不想和姑姑多说一句话。我一直在想，我父母这次是补了一笔工资才下决心来老家看姑姑的。光来回的车费也够我做好几身好看的衣服了。要不是因为有这么个又老又瘦的姑姑，我跟着父母跑到这个破地方来干什么？

姑姑当然有留下我的高招儿。她问我："黎莹，你想不想吃又酸又甜的大水杏？"大水杏三个字像是一把小钩子，一下子就勾出我的馋虫。我立马就愿意和姑姑说话了。我说："可想吃了，临来等火车的时候我就看到有卖杏的了，可是妈妈说现在太贵，说要等过几天便宜了再给我买。"姑姑说："要是我能给你买来杏，你答应我在这多住两天再走行吗？"我点点头。然后，我就看到姑姑挪着一双小脚走出了院子。果然，吃午饭的时候，姑姑给我带回了一大瓢黄灿灿的大水杏。姑姑不准我多吃，说是吃多了要上火。后来我才明白，姑姑是用杏做锈铒，好让我不再闹着回家。当时，我根本没顾得多想，姑姑是从哪里弄来这么多的大水杏。现在，每当回想起姑姑为得到那瓢大水杏所付出的代价，我的心仍在颤抖。

那瓢金灿灿的大水杏让我独自一连吃了三天。三天后，姑姑望着空了的瓢发了半天愣，然后，就让她的儿子领我去田里捉蚂蚱和蝴蝶。那天是我玩得最开心的一天。吃晚饭的时候，我发现了一个奇迹：我的小米粥碗里竟然撒上了一层很厚的红糖！在那个年代，红白糖都要凭票供应。一般人家根本弄不到比金子还要贵重的糖票。就连产妇也要凭医院证明，才只能买到一斤红糖。而我的姑姑，一个大字不识的乡下老太婆竟能搞来红糖！为了报答姑姑，我一直没再提回家的事。七天的假期，一眨眼就到了。父母要带我回去了，我却竟有些舍不得离开姑姑了。老实巴交的姑夫套上了马车，要送我们去相隔八十里地的小县城去等汽车。

当姑姑挪着一双小脚跟在马车的后边，不住地叮嘱父亲要多回家看看时，父亲一直低着头不说话。姑夫催了好几次，对姑姑说："你快回去吧，你再这样跟着，就晚点赶不上汽车了。"

姑姑站在那片一望无际的棉花地里，向马车挥着手，说："腊八——可要再回来呀！"我看见姑姑在不停地用手绢擦拭满脸的泪水。

父亲终于抬起了头，原来，父亲的眼里早有了泪水，他是不想让姑姑看见。父亲是在农历腊月初八出生的，所以乳名叫腊八。这几天姑姑老是腊八腊八地叫父亲，我感到挺好玩的，父亲也很乐意姑姑这么叫他。可是现在父亲却一脸的泪水，等马车离姑姑远些了，父亲才挥着手说："姐！回去吧！我一定来看你！"

姑姑一直站在那儿，久久地站在那儿，一直站成了一个小黑点，最后，连那个小黑点也慢慢从我们的视线里消失了。

父亲是在十二岁那年离开老家的。三十多年才第一次回老家。我父亲总想混得好一点的时候回老家，可日子一直也没过好。常常是不等开工资，手头就没钱了。当时，我们谁都不会料到，这一别，竟是和姑姑永别了。

当时，我们几个人坐在马车上，姑夫心里也很难过，他一再要父亲以后常回来看看，并对我们讲了那瓢大水杏的故事。原来，那天姑姑想到生产队里的杏园里给我买几个杏。可是看杏的人说啥也不卖。不卖也就不卖吧，还和姑姑开玩笑："你要是能从这条河对岸飞过来，我就输给你一瓢大水杏，到过几天分杏的时候我少要一瓢就是了。"那时生产队每年分杏时，都要按瓢计算。姑姑却认真了，说："那好！我要是能飞过去，你可要真的输给我一瓢杏。"

看杏的人说："那当然。可你又没长翅膀，咋飞？"姑姑说："这你不要管。我不脱鞋，但又不让鞋和衣服湿，也不找人帮忙，只要能到河对岸，就算我飞过去了，行吗？"看杏园的人是个远近闻名性格古怪的人，他说："一言为定。"

姑姑二话没说，就把裤腿高高挽起，然后慢慢跪到河里。当时正是初夏，河水还是有些凉。姑姑靠双膝跪着往前爬。两只脚小心翼翼地跷起来，唯恐弄湿了鞋。一步，又一步，尽管河水不算太深，河里的碎沙子和鹅卵石却磨破了姑姑的双膝，一缕缕的血丝从河中慢慢洇开。幸亏这条河不是太宽，姑姑总算成功了……姑夫讲到这里，我和父母才明白，怪不得这几天姑姑走路老是皱着眉头。我知道了那一瓢杏的来历后，又很好奇地问姑夫："那一小包红糖是从哪弄来的？"姑夫说："还能从哪弄？那是你姑把家里唯一下蛋的母鸡送到村子里的一个产妇家，和人家好话说了一箩筐，人家才答应从仅有的一包红糖里匀出来一些……"

从老家回来，我马上给姑姑写了信，并在信上对姑姑讲，我和父母一定还要回去看姑姑的。现在回想起来，当时姑姑在接到这封信时，一定高兴地找人念了一遍又一遍。父亲也给姑姑写了信，说明年就再回老家一次。可是，到了来年，我们也没回成老家。因为上次回老家，借了不少的钱，还了好几个月才把债还清。我们老家，村子里一大半都是刘姓。我们要是回去的话，每家都要买一些点心什么的。那时父母的工资太低了。我们又不想扫了姑姑的兴，就在信上老是说要回去，还真的回不起。当时，我们只好在每年的春节给姑姑寄些钱。好在姑姑过继的儿子很孝顺。姑姑找人写信告诉我们，她的身体很好。只是很想念我们。那时，我常听父亲对母亲讲，说是该回一次老家了。可却一直也没回成老家。日子过得真快，一晃，父亲就退休了。工资也比原来高多了。父母本想回老家的，可我当时又刚生了孩子，跟前离不了人。父母想帮我照顾几年孩子再回老家。没想到的是，父亲还没等回老家，就患了肺癌。紧接着母亲又患了乳腺癌。当时我们怕姑姑担心，一直没告诉姑姑。所以这些年，姑姑天天都在盼着我们全家回去。

那天，我走娘家，父母和我商量，说是再到邮局给姑姑汇钱时，别忘了给她买一个助听器。姑姑找人写来的信，说是她的眼睛不太好。最近耳朵也聋得很厉害了。可是，我还没来得及买助听器，就传来了了姑姑病故的消息！

这些日子，我一直在想，这些年我父亲是因为身体不好，回不了乡下的老家。可我到底都在天天忙碌什么呢。总以为以后有的是时间。天天都有忙不完的事情。好像哪个事情都比回老家探望姑姑重要。我现在悟出一个道理：亲情，永远比你生命里所有的事情都重要得多。别的事情可以今天干不完有明天，但上了岁数的亲人也许今天很健康，明天就不在人世了。年轻的时候忙工作，等老了不忙工作了，身体又不允许到很远的地方了。因此，在我们活着的每一个瞬间，都不可忽视了亲情。要从今天做起，从现在做起。好在，当年我结婚时，父亲送给我一床粗布被子。是那年我们回老家时，姑姑送给父亲的。是姑姑亲手织的。父亲一直没舍得用。我当时也没用，就放在衣橱里。这几年，纯棉布越来越被人重视了，我才想起了那床粗布被子。现在，每当夜深人静时，我都会轻轻抚摸着那床盖在身上的粗布棉被，感觉虽有些粗糙，却透着暖暖的亲情，一如当年姑姑用那双粗糙的手抚摸我的额头。

第三辑

秋天的童话

秋天的童话

秋天是多愁善感的季节。我们初中同学里有个叫张教的，他就是一个多愁善感的男人。他现在成了一个大公司的老板。有一天他忽然心血来潮，想起来号召往日初中的同学来一次大聚会，结果几个男生都喝得酩酊大醉。喝完酒，张教让司机把我们男女生全弄到他的公司去。他醉得都说不成一句囫囵话了，还非要我们每人讲一个和初中同学有关的故事才放我们回家。我上学时作文是全班中最好的一个，于是张教就让我先带头讲一个。我说讲就讲，讲不好你们也不能笑话我。于是我就讲了慧慧的故事。

慧慧和一条水绿色灯笼裤

慧慧是班里唯一从乡下转来的，同学有意无意间不太愿意和她说话。好在慧慧学习成绩一直名列前茅，她兄妹五个，母亲一年四季在田里劳作。父亲在县剧团干杂务，管道具呀服装呀什么的，家里的日子过得捉襟见肘。本来父亲想让慧慧在乡下念初中，可慧慧死活不同意，非要到城里来念书。慧慧长得水水灵灵的，脑子又好使唤，父母便依了慧慧。慧慧也算争气。期中考试，在全级都考了第二名。后来，慧慧被选为班里的文娱委员。快放暑假的时候，学校准备举办文艺联欢会。慧慧建议出舞蹈节目。当时从班里挑出十个个头儿差不多的女生来排练扇子舞。这十个人里有我，当然也少不了慧慧。本来只需八个人就行。老师说多挑上两个学生吧。万一到时有不能参加的，也好有个替换。慧慧对这件事投入了极大的热情。课余时间她抓得可紧了，不让我们有一分钟的休息时间。刚开始练的时候，我还有股子新鲜劲，可时间一长，累得腰酸腿疼。慧慧看在眼里，急在心上，她和我是同桌，我便近水楼台先得月，知道了一个在当时我们女孩子看来很重要的消息：慧慧回家软磨硬泡，非要父亲答应她从剧团借出八条水绿色的灯笼裤。父亲爱女心切，便跑到了副团长那里求情。副团长说这事可不是小事，要一把手点头才行。慧慧的父亲又赔着笑脸跑到正团长那里好话说了一箩筐，团长虽说点头，但一再叮嘱，不准把服装弄脏弄坏。"你想想看，别的班演出都是穿白上衣蓝裤子，咱每人穿上一条水绿色的灯笼裤，能把别的班震傻。"慧慧这么跟我说。那个年代，不管男女，大街上流行的是黑灰白三种色彩。每当有联欢会时，大都是在同学间你借我的蓝裤子，我借你的白上衣。当时连裤腿稍显肥一点的喇叭裤都被视为奇装异服，别说是束腿的灯笼裤，还是水绿色，穿在身上会是一种怎样的感觉？那几天我练舞蹈格外卖力气。慧慧不让我把这个消息告诉别人，因为只能从十个人里挑八个人，她怕到时候都想上台演出可就麻烦了。我只好把这个秘密藏在心里。练到最后，老师从我们十个人里选出了八个人。演出的前一天，慧慧兴高采烈地提着一大兜子灯笼裤来到了班上。我们八个人像是一群小麻雀欢呼雀跃。出人意料的是，第二天正式演出时，慧慧却没有登台。我们的班主任是个很漂亮的女教师，她平时很喜欢慧慧的，不知何故，无论我们如何拐弯抹角地打探，老师就是不告诉我们慧慧不上台的原因。演完，我们到处找慧慧，却没有见到慧慧的踪影。一晃，二十多年过去了。

那天，我送儿子去另一个城市上大学。回来后心里空落落的，就一个人在大街上逛，忽然，有一个上了岁数的老太太在叫我。我愣在那里，半天才认出来是我上初中时的班主任。"老师，是您！我差点认不出来！"我有些惊喜。

"我头发都全白了，以前教过的学生能认出我的不多。但我一眼就认出你来了！"老师笑着对我说。那天，我请老师一块去咖啡厅喝咖啡。那天的话题大多是围绕着慧慧谈来谈去。老师说，那次你们演出，我本来是想让你们不要分心，把精力用在学习上，演出时穿白褂子蓝裤子就行了。可慧慧说她常看到剧团里的人在排练时穿那种水绿色的灯笼裤，她做梦都想穿一次。我也只好答应了。谁想，到了演出的前一天下午，正好赶上慧慧来"好事"，她怕在台上跳舞时不小心弄污了借来的裤子，便一气吃了六只雪糕。她说在家听上了岁数的老人说起过，女人来"好事"时是不能吃太凉的东西的，会把"好事"冰回去的。结果，她当天下午，就腹痛难忍。在医院治了好些天，也没见好。父亲实在拿不出那么多的医药费，就把她送回了乡下。结果，她被乡下的老人说成是"干巴病"。乡下人视这种病为不祥之兆。鬼呀神呀的，一会儿往她身上泼刚从井里打上来的水，一会儿又用刚从树上砍下来的柳枝子抽她的全身，说是要驱逐鬼魂。没多少天慧慧就死了……老师不想再往下讲了。她说："我当时本想换一个同学替她的。可慧慧死活不同意。要是慧慧一门心思都用在学习上，虚荣心再小些，就不会有这场悲剧了。"

　　我不好意思地说："老师，其实当时要不是慧慧告诉我能穿灯笼裤上台演出，我早就中途退出来不排练了。"

　　老师说："我并没有怪罪你们的意思，只是替慧慧惋惜。你现在也已为人母了。我也不想再说什么做人的大道理了。其实，人生的道理，只是藏在平淡无味之中。"

　　我说："老师，也许我们活着的每个人仍在不经意间犯着和慧慧一样的错误呢。"

　　老师问我："你对别人犯的错误，是采取什么样的态度？你对自己犯的错误又是采取什么样的态度？"

　　我一时不知如何回答。老师说："原谅别人，就是给自己心中留下空间，以便回旋。如果你能像看别人缺点一样，如此准确般地发现自己的缺点,生命将会不平凡。"如今,老师已不在人世。但那天在咖啡厅门口和老师分手时,老师说过的话我却永远铭记在心。我记得清清楚楚,当时,夕阳的余晖为老师的全身镶上一层好看的金边儿,老师意味深长地对我说:"记住,无论做什么事,都不要浪费你的生命在你一定会后悔的地方。"我的故事刚讲完,张教就眯着眼睛说:"可我们每个人的一生又有多少时间是用在不浪费生命的事情上呢?到底是当年的女秀才,讲得好。"张教话音刚落,一个叫康越的男同学就紧接着说:"我讲一个。别老是光讲那些个黄毛丫头的事。我讲一个男同学的故事吧。"

夜风把院落里的玫瑰花瓣轻轻摇落

女人家有个不大的院落。

院落里盛开着娇艳的玫瑰花。

她的丈夫为救一个落水儿童,永远地离开了她。

她本是一挡车女工。现在,厂子说垮就垮了。

居家过日子,柴米油盐针头线脑儿,哪儿都离不了钱。女人把日子过得捉襟见肘。她还有个上小学的儿子。正是长个头儿的时候,菜也好,汤也好,女人总想做得可口些。世上的好些事只是让人想,做起来可就不那么顺手了。

有热心肠的邻居给女人介绍了个丧偶的男人。

好说歹说,女人总算是跟人家见了面。

人还说得过去,会一手好油漆手艺。

男人说话也直来直去:我没啥呼风唤雨的大能耐,但我会把你和儿子当作我的亲人。不会再让你为吃喝花钱的小事劳心就是了。

花钱也是小事?女人想,有手艺的人说话就是跟没手艺的人说话不一样。

回来后,邻居问女人:到底是啥意思,说出来,好给人家回个话儿。

女人说：让我想想。让我想想。

女人其实心里早就想好了。能有个人来帮衬着把儿子养大，还能陪她说说话。这比什么都好。女人不显山不露水地把这件事透给了儿子。当时，儿子正在吃饭，一听这话，小脸一下子就急成了紫茄子。

儿子问：那我要叫这个人爸？

你不想叫，就叫他叔叔好了。

他算哪路英雄，要到咱家来管着我？我不喜欢陌生人来咱家指手画脚。

儿子摔了筷子，眼泪婆娑地拎着书包上学去了。

女人手里拿着一样东西出了门。那是一件很好看的丝织披肩。是那个男人让邻居转送给她的。

女人敲开邻居家的房门，把那件艳丽华贵的披肩塞到那位热心的大姐手里。

女人没说是儿子不愿意。

女人说：我想等几年再说。

邻居家的大姐问：等到人老珠黄吗？

女人垂了头。

女人再抬起头时，眼里就有了雾一样的东西。

女人仍去做钟点工。做一天就给一天的钱。不做，就没有一分钱。有时能一连几天都有人找她做钟点工，有时十天半月也没人找她。女人就这样靠断断续续做钟点工的钱来打发紧紧巴巴的日子。

那件披肩又被邻居家的大姐送了回来。

大姐说：你看看，你看看，多知疼知热的一个男人。人家回了话儿，说不成也没啥。留下做个念想吧。

女人闲下来时，就会从衣橱里拿出披肩看呀看。女人一次也没舍得披在身上。女人每次端详完披肩时，样子都是痴痴的。那时，儿子已经上初中了。儿子的班主任来找女人，说让她多和儿子沟通一下，儿子最近上课时精力不集中。现在初中生早恋是最让老师头疼的事情了。

　　女人仍跟往常一样做给儿子吃，洗给儿子穿。儿子也没有什么不对头的地方。该上学上学，该做作业做作业。到了夜深人静的晚上，儿子神神秘秘地在写什么。女人一走近儿子跟前，儿子就又捂又盖不让母亲看。女人只好说些弦外有音的话给儿子听。无非是劝儿子把心思用在学习上。

　　儿子倒也懂事。母亲说什么，他就点头应承下什么。可等母亲转身离去了，他就又神神秘秘地写个没完没了。

　　老师第二次来找女人时，说有同学反映你儿子常给邻班的一个女同学写求爱信。而且两人来往密切，有时连做课间操的时间也不放过，躲在走廊里说个不停。

　　女人是个做事沉得住气的人。可这次真有点坐不住了。她牢牢地记下了那个女同学的名字。她不想先找儿子来谈这件事。她想只有先和那个女学生多接触几次，才能再来做儿子的工作。男女之事，女人多多少少是懂的。

　　女人更不想把这事在学校里闹得沸佛扬扬。她等女学生下午放学后，约女学生到学校外的公园里坐坐。可是，女人在横穿马路时，因心里装着事儿，心思就不那么专注，竟被迎面而来的一辆大卡撞倒在地。倒下了，就再没起来。

　　那天，儿子去参加一个数学比赛，回家时，天就快黑了。家里空荡荡的，母亲不在家。儿子以为母亲是去做钟点工，一边写作业，一边静静地等母亲回来。等呀等，一等不来。二等不来。

　　他和那个邻班的女同学说好的，今晚邻班的女同学要来看看那条披肩。

　　儿子把母亲在家常看披肩的事，还有母亲每次看完披肩失神落魄的样子，都描绘得有声有色。他要先把这些写出来，然后感动这位女同学，求女同学帮忙，告诉她那位会油漆手艺的父亲，他的一条披肩，一直被一个女人完好地保存着。儿子希望女同学的父亲和自己的母亲结百年之好。每当儿子看到母亲生病时孤苦伶仃的样子，就有些后悔当初不该阻挡母亲嫁人。

　　儿子一个人坐在院落里。

夜风把院落里的玫瑰花瓣轻轻摇落，袅袅娜娜飘飞到儿子手里那条披肩上。一片，又一片……

　　康越的故事让大家一下子都变得沉默寡言。大伙心里都明白，康越的母亲在他上初中那年出了车祸，当时康越难过了好些天，连学都不想上了。多亏了他的班主任老师做了他很多的工作，他才又接着上完初中的。正在大伙想康越以前的事时，张教圈着舌头喊："谁能讲个有意思的听听，别老是整这些让人心酸的好不好？"这时，另一个叫津义的说："那我就来为大伙献一次丑吧。"于是津义向我们讲了下边这个故事。

像玫瑰花一样的约会

　　故事的主人公是一个男的。这个男人想去一个公园。也许有五十多岁，也许有六十多岁。他是要去赴一个玫瑰花样诱人的约会。男人来到公园后，一直站在那座假山后边。男人站了很长时间了。他抬腕看了一下表，接着皱了一下眉头。也许是男人站累了，想找个有椅子的地方休息一会儿，也许是男人要等的人一直没按时来，男人有些失望，总之，男人想离开这里。就在他快要走到花园后门那里时，他的眼前出现了一排红色的塑料坐椅。男人就朝着那排椅子走过去。他在快走到那排椅子跟前时，发现在那一排椅子上坐着两个年轻的恋人。那个女孩长得太出眼了。五官就五官，身材就身材，气质就气质，看哪哪好，看哪哪都顺眼。男人看见那个女孩正沉浸在醉人的爱恋中。她不时地变换一下坐姿，一会儿坐在男孩的左边，一会儿又坐在男孩的右边。一会儿又淘气地站起来，用双手蒙住男孩的眼睛。一会儿又在男孩的耳边呢呢喃喃。那个男孩一往情深地默默看着女孩。女孩的脸上笑靥如花。男孩不说话，就那么看呀看。也许男人是被这对年轻恋人亲昵的样子所打动，他的脸上竟有了晚霞一样的东西。男人这次像玫瑰花一样的约会失败了。男人在往公园门口走的路上，已经打了好几次手机了，可总也打不进去。看来，他要等的那个人一直都没开机。男人一脸沮丧地离开公园。男人期待的像玫瑰花一样诱人的约会就这样没等绽放，先就早早地凋谢了。男人回到家里，妻子已经做好了饭菜。男人心不在焉地吃着碗里的饭，心早飞到一个桃色的天空里去了。在那片五彩缤纷的天空下，他把自己想象成一只风筝，无所顾忌地飞呀飞，一直飞到他向往的那片浪漫的彩云中。吃完饭，妻子要和他商量公司里的事。他推说头疼，早早地上床休息了。公司是他岳父的。因为岳父没有儿子，临终时就把公司送给他们两口子照料。他也不知道是从什么时候迷上了公司公关部的那个叫小俪的女孩。今天，就是小俪主动约他去公园的。他悄悄动用了公司的钱，给小俪买了好些的高档衣物和化妆品。平时他的花销都是由妻子掌管的。这些日子，妻子老是问他："你的开销越来越大了呀。"他佯装不知："没有呀。都是些推不脱的应酬，还不都是为了公司？"

妻子说："我们这样的小公司，经营又一天不如一天，你不好好地把心思用在如何做生意上，反而一天到晚神魂不定的，你是不是身体不舒服？"

男人说："我没事。你别瞎想。你去客厅看电视吧。我想睡一会儿。"

妻子走出卧室后，男人关上了床头的台灯。他要好好地想一想他和小俪的事情。他和小俪之间一直是清白的。但他不敢保证两人会一直这样清白下去。他清楚地记得，当时，来公司应聘的人很多，他却一眼就看上了小俪。怕小俪会飞走，他让小俪和公司签了一份合同，合同上规定，小俪要在公司里干满三年。三年期间，小俪和公司之间，不管是哪方要是提出中止合同，就要赔偿一份数目很大的毁约金。他真的很想得到小俪。他喜欢小俪淘气的样子。他像一支残烛，希望用小俪的青春来点燃，那样也不枉来世上走一遭。可是，他也看得出，小俪好像只对他的钱情有独钟。更要命的是，他又拿不出这么多的钱来弥补在年龄上的弱势。小俪也对他说过，她是从乡下一步一步走到城市的。她需要钱，她乡下的父母也需要钱。她不想和他来往得太密切，因为她不想失去目前在公司里的这份得之不易的工作。既便是这样，他还是不打算断了和小俪的来往，他真的不想失去小俪。可是他现在准备要放弃小俪了。尽管很痛苦，但他还是选择了放弃。

儿子是在他睡着的时候回来的。

男人当然没听到妻子和儿子之间的对话。

儿子说："我今天在公园都和小俪谈好了。小俪答应假装和我谈恋爱，并要和我爸好好谈一次。她说她不想失去这份工作，还想继续在咱的公司干下去。"

妻子说："狐狸精！我还以为她会主动辞职不干了呢。她要真提出来，咱不会和她要毁约金的。"

儿子说："我和她说过了。她说在没找到适合她的工作之前，是不会离开公司的。"

妻子说："也不知你用的这招，能不能阻止你爸和这个小狐狸精的来往。"

儿子说："妈妈，我是因为爱你才出此下策的。如果我爸是真心爱我的，就会放弃小俪的。如果你是爱我爸的，就要装作什么都不知道的样子。"

妻子说："要万一小狐狸精真缠上你怎么办？"

儿子说："不会的。她把这份工作看得很重。你是没看到，今天在公园，爸看到我和小俪在一起，在那里发了半天的愣。要想彻底断了爸对小俪的感情，也只有这样了。如果硬把小俪辞了，就真的把他们俩撮合到一起了。"男人没听清楚妻子说了句什么，但他听清楚了儿子说的那些话。儿子说："妈妈，爱情的容量即一个人心灵的容量，人一生不可能只爱一次，但也不可能一定要爱很多次，不要以成败论人生，也不要以成败论爱情。"

第二天吃早饭的时候，男人对妻子说："我想到外地给公司跑跑业务。可能这次要在外边的时间长一些。"

妻子说："是不是要带上公司的人和你一起去？"

男人说："不用。我一个人去。"

妻子长长呼口气。以前男人出去为公司跑过好几次业务了，每次都要带上小俪。妻子和儿子对视了一下。儿子正在忙着往父亲碗里夹菜。

月光啊，月光

鸠的父亲在外边有了女人。这是鸠多次跟踪父亲后，不得不默认的一个如不是亲眼所见，绝不会相信的实事。

鸠是一个英俊的少年。鸠的母亲体弱多病。鸠的父亲是个生意人。三口之家也算美满。鸠小的时候，目睹过邻居家的小伙伴因父母离异，而过早尝尽人间辛酸的故事，离异的原因大都是第三者插足。

鸠的母亲大概看出了丈夫的心思，悄悄叮嘱儿子："要让你爸高兴，就要争取在班上前三名。"

鸠不负众望，从没在班里考到第三名，不是第一名就是第二名，这让鸠的父亲很是自豪。鸠知道，自己并不是悟性很好，但他能悟透母亲话里的意思，只有功课好，父亲才不会抛弃这个家。母亲把希望全放在鸠的身上了。

有一次，父亲在和母亲开玩笑，说："老婆，我这辈子不会去找第三者。儿子就是咱俩的第三者。拿世界上所有的第三者来和我换这个家，我也舍不得。"

鸠就是在这种既紧张又受宠的环境中一天天长大。他万万没想到的是，这个风平浪静的家忽然有一天风起云涌，电闪雷鸣。鸠也不知父亲和母亲到底是为什么吵架，一向以贤惠在亲朋好友中口碑颇佳的母亲，如果为一些鸡毛蒜皮的小事，是不会和父亲大动干戈的。鸠很想知道他们吵架的谜底，但是父亲和母亲好像达成某种共识，两人无论如何不向鸠透半点口风。

早熟的鸠得出一个结论：很有可能吵架的真正原因没法让他知道，就是说父亲在外边有什么情况了，而且是和女人有关。

父母低估了鸠的能力，鸠已经长大了。鸠有自己的人生观和对事物的判断能力，他表面上佯装对父母吵架的事并不感兴趣，但暗地里早把耳朵支棱起来，对父母的每一句话都烂记在心。观察了一阵子，他似乎发现了一些线索，但如果把这些线索作为证据拿出来，又觉得那些所谓的线索没有丝毫的说服力。

鸠自有鸠的路子，他不吭不哈，在放学后的闲暇时间来个突然袭击，找个理由就跑到了父亲的公司。父亲脸上立时乐开了花，在这之前，他只要一提起要带鸠去公司转转，鸠马上把头摇得像个拨浪鼓。

他领着鸠在各个办公室转来转去。

"老总的大公子好帅耶！"

"老总好有福气！"

父亲部下的赞叹声像夏天水塘里的青蛙，有些争先恐后，有些虚张声势。但父亲却像醉酒一样陶醉在这种赞叹声中。父亲并不知道鸠来公司的真正意图，在父母眼里，孩子是永远长不大的。

鸠来公司，是一种示威，一种威慑。他要让公司里的女人们知道，老总的儿子是大人了，谁要是想不自在，可就怪不得我手下无情了。鸠这么有事没事往公司跑了几次，又觉得收效甚微。

如果父亲不是和公司里的女部下有纠葛，而是在公司外边有故事呢？

如果自己这么平白无故地瞎猜测父亲是不是有些委屈了他？

如果父亲真的没有别的女人呢？

如果真有一个父亲的女部下和父亲搅在一起，根本不把他这个毛头孩子放在眼里呢？

　　如果父亲把这件事做得天衣无缝，他既不找公司里的，也不找本地的，他找的那个女人像鬼一样总是躲在暗处呢？

　　无数的如果像一头头的小困兽在较着劲儿啃咬着他，鸠改变了思路，他把重点放在母亲身上。

　　鸠问母亲："家里是不是出了什么事情？不管是好是坏，都要告诉我。我也是家中一员。""没事真没事。"母亲说完就拿眼直直地瞅鸠的脸。

　　母亲忽然问鸠："假若有一天，我们母子会分开生活，你会不会常来看看我？"

　　鸠说："我们不会分开的。任何力量也不会把我们分开。咱家是不是真要出什么大事？"

　　母亲的目光躲躲闪闪，她不再和鸠说什么了，尽管鸠穷追不舍问个不停，但母亲都不肯向鸠吐露半个字。把鸠急得，恨不得找把钳子来，把母亲的嘴撬开。

　　鸠从母亲嘴里套不出什么话来，只好在父亲身上下功夫。那一个夏天，鸠几乎把精力全放在父亲的行踪上了。他秘密跟踪了父亲，发现父亲白天的时间大都用来放在公司的生意上。一到了夜晚，父亲的生活就很丰富了。鸠在那段跟踪的日子里，心情一直是矛盾的。他怕在一些不希望父亲出现的地方看到父亲的身影。母亲悄悄暗自垂泪的样子像钢锉一样，让鸠固执偏激又有些敏感早熟的心灵备受煎熬。他很想通过实事，说服母亲，不要杞人忧天，父亲心里只有咱这个家，那是最美好的结局了。但真要那样，他的男子汉的自尊心就没有用武之地。他是想通过摆平父亲这件事，来让父亲和母亲知道，他长大了，有权力有能力对这个家做点什么。鸠还想通过父亲的事，让母亲知道，有些事情，他是站在母亲一边的，他有能力保护母亲，保护这个家的。如果一旦父亲真在外边有了故事，他就要毫不留情地惩罚故事的缔造者。

　　鸠的父亲有时去酒楼喝酒，有时去洗脚城洗脚，有时和朋友打麻将。鸠断定父亲在外边没有女人。

就在鸠鸣锣收兵想撤退的时候，一位陌生女人出现在鸠的视线里。

鸠看到了最不愿意看到的一幕：父亲陪在这个女人的身旁。看样子女人是要去商场购买东西。父亲呵护有加不离女人半步。鸠记得以前父亲说过，他最不喜欢陪母亲逛商场了。所以母亲也尽量不让父亲陪她买东西。鸠在那一瞬间心里一下子就像被什么东西给重重敲了一下。他替母亲悲伤，他再也不能袖手旁观不理睬这件事了。

鸠怕冤枉了父亲身边的那个女人，他连着几天盯紧父亲的行踪，发现父亲把做生意以外的时间全花在这个陌生女人的身上了，洗脚城也不去了。麻将也不打了。

鸠闷闷不乐回到家里，愤怒在他的心里像草一样疯长。

父亲问他："病了？"

鸠说："心里不痛快。"

"明年就要高考了，是不是压力太大？"

鸠摇摇头。

鸠不想和父亲多说什么，父亲也没再多问。

鸠一个人默默坐在阳台上，鸠看见月亮出来了，明晃晃地挂在天上，鸠知道，月亮出来的时候，父亲是一定要去陪那个陌生女人的。月光下，肯定能看到父亲早早在公园里等着那个陌生女人的到来。

难道他们和月亮有什么不解之缘？

鸠坐在阳台上，听见远处各种夏虫的鸣叫，那些声音像是长了翅膀，在他的耳边飞来飞去，鸠透过这些翅膀，眼前仿佛又出现那位陌生女人的脸。平心讲，母亲的确没有那个女人长得漂亮，不然，父亲不会老是去陪她，并对她这么呵护有加。

母亲刚才睡下了，睡前给鸠洗了衣服，还问鸠这些天咋老是往外跑？

鸠说是找同学一块做题来着。

母亲说还是在家做题吧，别老出去。天热，别在外边中暑。

鸠说知道了。

鸠知道母亲心情不好。最近她很少和父亲说话。刚才，母亲站在阳台上，鸠给母亲搬来小凳子，并让母亲关了灯。碎银一样的月光洒在母亲的脸上手上。母亲以为鸠是累了，就说，孩子，不管考上考不上，只要尽了心尽了力就成，别太苦了自己。鸠本来是想说说父亲和那个女人的事，但鸠借着月光看到，母亲头上的白发越来越多。像母亲这样的岁数是不该有白发的。鸠替母亲委屈，母亲除了鸠，再没人能为她主持公道了。

鸠把目光投向了楼对面空地上的那棵梧桐树。那些被风吹拂的树叶，把鸠的心思吹乱了。他打消了要把这事说给母亲的想法。他要独自一个人把这件事摆平。既不伤了父子情，又能不显山不露水想个办法保住这个家。

鸠感到肩上的担子很重。

鸠在阳台上坐到很晚，他听见从母亲的房里传来一阵阵的咳嗽声。他不用问母亲，也能猜测得出，今晚的月光这么好，父亲是不会待在家的。母亲一定是希望此时此刻有个人坐在床边陪她说说话什么的。

鸠很清楚，谁也无法代替父亲在母亲心目中的位置。所以，只要母亲不喊他，他就不去陪母亲。

月光越来越浓了。

鸠看见在那棵梧桐树下有一男一女两个人的影子。开始，他以为是父亲和那个陌生的女人，仔细看，又不像，那个中年男子的个头没有父亲高，那个女人依偎在那个男的怀里，像是说不完的悄悄话。鸠以为，如果他们是夫妻，是不会表现得这么亲热的。

鸠想，现在，也许父亲正和那个陌生女人在说悄悄话吧？鸠看见，梧桐树下的那一对男女走走停停，走累了，就坐到离那棵树不太远的一个石凳子上去。

鸠禁不住在心里问自己：这个男的有没有孩子？如果有，他的孩子是不是此刻也在悄悄跟踪？跟踪后，他的孩子会采取什么样的措施？一连串的问题在鸠的脑子里晃来晃去的。

鸠又听到了母亲一阵紧一阵的咳嗽声。鸠有些莫名其妙地眼里涌出大颗大颗的泪珠。鸠很纳闷，就在他脸上淌满泪水时，他的思路竟异常的清晰。这几天所有的困惑和迷茫都被这突如其来的泪水给抹去。

鸠一边眼里淌着泪水，一边不停地变换着位置，一会儿站到阳台的左边，一会儿站到阳台的右边，他在琢磨一个恰到好处的角度，来计算他和那对男女的距离是多少米，他从心里感谢那对坐在石凳上的男女，是他们给了他一个不小的启发。

鸠擦拭干脸上的眼泪，悄悄回到卧室，怕母亲会过来发现，他把门从里边锁上，翻箱倒柜，总算找到他儿时的玩具。

鸠把那件儿时的玩具拿在手上，他的心里有些踏实了。

那段日子，鸠的母亲时常向鸠的父亲唠叨，说鸠这孩子真是长大了，懂得大人的心思，学习比原来抓得更紧了。

鸠的父亲说，明年就要高考，不抓紧可不行。

鸠那时根本听不见父母在客厅的对话。他一直在玩那件儿时的玩具。尽管他玩得很投入，但他不想让父母发现，卧室的门一天到晚也是关得紧紧的。

父亲有些好奇，问鸠："做功课还关门？"

鸠说："这样能静下心来解答疑难题。"

父亲那些日子好像特别的忙，也没有心思关注鸠学习上的事了。晚上也不在家吃晚饭。母亲除了给鸠做饭，就是熬不完的中药，母亲喝中药的样子实在让鸠不忍目睹，她总是皱着眉，喝一小口药汤，就要大口大口喝上半杯开水才行。一碗中药，母亲要喝一会儿，休息一会儿。

鸠不明白，母亲喝了这么多年的苦药汤，也没见咳嗽减轻过。但她仍在专心致志地去医院抓药，回到家专心致志地熬药喝药。也许母亲只是在坚持干一件事情，事情的结局如何并不重要。

鸠在玩他儿时的那件玩具时，也有很累的时候，这时，他就想放弃自己的计划，但他只要打开房门，看一下母亲皱眉喝药的样子，他就会义无反顾地关上门，继续玩他儿时的玩具。

那晚的月光极好。鸠走在月光下，他的上衣熨烫得有角有棱，是白色的。裤子是牛仔布做的，是蓝色的。他的手里攥着那件儿时的玩具。他脸上的表情有些神秘有些激动有些悲伤。白天，鸠破天荒主动请缨要给母亲熬中药。母亲当然不同意。平时，鸠一闻到中药的苦味，就直皱眉头，躲得远远的。有时，因为中药的苦味，鸠正吃着饭，就停下不吃了，而且老是想吐。但这一次，无论母亲如何阻止，鸠执意要替母亲熬中药。

鸠对母亲说，你不放心，可以在一旁指导。

母亲问鸠，你这几天咋样子怪怪的？

鸠说有什么怪的，我只是想，万一你哪天病了，不能起床，熬中药的任务就落在我身上了。

母亲有些被鸠的话感动。母亲仔细地教鸠往药锅里放多少水，用什么样的火候。母亲教得认真，鸠学得更认真。药熬完后，鸠亲自把药端到阳台上，等药汤凉得差不多了，又一直看着母亲把药喝下去。然后，母亲回卧室休息，那时刚好停电了，没法开空调，鸠坐在床边，给母亲打扇子，母亲那时也没多想，和鸠说了一会儿话，就睡着了。鸠端详着睡梦中的母亲，不知不觉，眼里又一次涌出了大颗大颗的泪珠。鸠没有起身急着离开母亲，他一直在流着泪，默默看着她，鸠也不知自己在母亲的床前看了多久，才蹑手蹑脚，悄悄走出了家门。

鸠在外边转来转去，一转就是大半天。他在等着太阳落下去，他在等着月亮升起来。只要月亮从夜空中露出笑脸，他要找的那个女人就会出来。那个女人喜欢看月亮。这是鸠多次跟踪她以后才得知的。他昨天在家里暗暗观察父亲，昨天月亮没出来，父亲也没出家门。昨晚，鸠在没有月亮的夜晚等了很久，那个女人也没出来。

鸠转着转着，太阳就落了，天就黑了。又转着转着，月亮就从夜空中升起来了。鸠打电话问母亲，父亲是不是在家？

母亲说，你爸来过电话，说晚上陪朋友在外边吃饭谈生意。

鸠打完电话，望着天上那一轮又大又圆的月亮，今晚，他对那个女人的出现胸有成竹。他的双手掬成一个盆的样子，那件儿时的玩具躺在他的手掌心儿里，月光为那件儿时的玩具镶上一层好看的银边儿。鸠的头发和英俊的脸庞也被月光镶上一层好看的银边儿。

父亲出现了。

父亲正在向公园走来。父亲当然不会知道鸠也在公园里。和以往一样，那个女人走在父亲的身旁。

鸠想走上前去，质问父亲：你不是和母亲在电话上说去陪客人吃饭谈生意吗？你为什么总是陪不够这个女人？

鸠没说什么，也没做什么，他只是藏在那棵粗壮的银杏树后，父亲和那个女人正在离这棵树越来越近。

鸠的心怦怦乱跳。他为了等这一天，准备了很久。他在心里对自己说，一定要稳住神。要准。不能有丝毫的差错。

月光越来越亮了。

鸠对着手里的那件儿时的玩具说：伙计，这次就看你的了。扎死那个臭女人！她是破坏我们家庭的第三者！

父亲和那个女的快走到银杏树跟前时，鸠的手在空中扬了一下，那支飞镖像尾银色的鱼儿，在如水的月光里游向了那个女人。鱼儿像是长了翅膀和眼睛，一下子就飞过去了！

女人还没弄明白是怎么一回事，飞镖就一下子插在她的喉咙上！

女人倒在血泊里！在倒在血泊之前，在没中鸠的飞镖之前，鸠的父亲对女人说："你不要想那么多了，听医生的，好好地化疗。我那口子想来陪你，可她身体也不好。只能由我抽时间来陪陪你了。还是把鸠的身世说给他吧。"

女人忙说："不！鸠明年就要高考了。别影响他的情绪。如果我的病能撑到他高考完就告诉他真相。如果撑不到，就永远不要告诉他吧。毕竟是你们抚养了他。"

鸠的父亲说："知道你想孩子，你为了将来有一天能认下孩子，也要坚持化疗和放疗。我那口子开始想不通，不想让你认孩子，现在早想通了，她说只要你想认孩子，什么时候都行。"

女人说："真要谢谢嫂子啊。孩子出生时，也是满天的月光。我生下他时，一直在看窗外的月亮。我做梦都想认孩子啊。如果不是为了我们母子相认，我早就放弃治疗了。我撑一天，就离孩子高考的日子近一天啊……"女人说不下去了。当年，她和一个有妇之夫有了孩子。那个孩子就是现在的鸠。当时，那个男的一直是说要离婚娶她的，可是，等那个乡下女人打老远的地方来找自己的男人时，发现男人和别的女人有了鸠，于是，便买了农药，说只要提离婚的事，就把这一瓶子农药全喝到肚子里去，那时鸠刚出满月，女人万般无奈，只好把鸠送给鸠现在的父母。当时，鸠现在的父母结婚多年，一直没有孩子。这个女人把鸠送人后，只身一人挥泪离开了这座城市。这么多年，她一直不忍心来打搅抚养鸠的这对好心人。但她当得知自己患了不治之症后，却再也无法忍受思子之痛的折磨，情不自禁又回到了这座城市……

月亮越升越高了，月光洒在那个中了飞镖的女人的脸上，也洒在少年鸠那张英俊的脸上。

最后一只羊

三柱在村外放羊，打南边过来个骑自行车的红脸膛汉子。

红脸膛汉子来到三柱跟前，对三柱说："放羊？"

三柱说："放羊。"

红脸膛汉子打车上下来，笑眯眯地递给三柱一支烟，又笑眯眯地为三柱打火点烟。

三柱用鼻子一闻就知道是好烟。

三柱美美地吸了一口，果真是未曾吸过的好烟。三柱头一次体验被人敬烟的滋味，心情好得不能再好。平时没人给他敬烟，就是他给别人敬烟，人家也未必肯吸。一个穷放羊的，烟能好到哪里去？

红脸膛汉子问三柱："跟你打听个信儿，上北洼村怎么走？"

三柱用手朝北指着，说："走到前边的路口往东拐，再走到一个路口还往东拐就到了。"

红脸膛汉子谢过三柱，并不急着赶路。

红脸膛汉子问三柱："羊是自己家的吗？"

三柱说："不是。给别人放的。早上把羊牵出来，晚上再一家一家送回去。"

红脸膛汉子说："好家伙，你一个人放这么多的羊。"

三柱说："我喜欢放羊。小时候就想长大了放羊。"

红脸膛汉子说："你那么喜欢羊？"

三柱说："羊通人性。"

红脸膛汉子说："那是。"

三柱平时不喜欢说话，但三柱的话匣子一旦打开就不会轻易闸住。

三柱放羊也挺寂寞的。

三柱有时想和羊说话，有时又不想和羊说话。三柱发现羊也有想不完的心事。

有时羊在凝望三柱时，美丽的眼睛会流露出淡淡的忧伤。那种逆来顺受的凄婉顷刻间穿透三柱的身体。三柱就会摇摇晃晃地坐在草地上，再也不和羊说话了。他知道那是羊在和他做最后的话别。羊要去另一个遥远的地方。羊永远地去了，再也不会回来了。三柱默默地陪着羊，他无法拯救羊。三柱唯一能做的就是摘干净羊身上的草屑，用随身带来的一把破木梳为羊做最后的梳妆打扮。三柱在做这些时总是一丝不苟，那时，往往是快要黄昏，在夕阳余晖的映照下，三柱的脸上会呈现出一种神圣的光泽。羊们也会围拢过来，泪光盈盈地为同伴送行。三柱轻轻拍一下羊的脑袋，说："你来世上走一遭儿，值了。是上路的时候了，可要走好啊。"说完，三柱扭过头去，羊是不会看到三柱的眼睛的。

三柱很是纳闷，一支烟未曾吸完，眼皮沉得睁不开。三柱眼前弥漫着一团模模糊糊像纱一样缥缈的白雾。那团白雾好像包裹着一件金光灿烂的东西。尽管三柱看不清，无法猜测出那是一件什么宝物，但三柱是那样的渴望想得到。三柱想，得到那件宝物，便得到了整个世界。

三柱向前方伸出手去，因为他看见那团金光灿烂的东西正向他飞来。他听见红脸膛汉子问："想要吗？"

三柱说："想。"

红脸膛汉子说："听话，把眼合上，你就会得到的。"

三柱的眼皮更沉了。

三柱想不合眼也不行了。

三柱感觉自己像忽然间长了一双翅膀。

三柱对红脸膛汉子说："我要飞了。"

红脸膛汉子说："去飞好了。我替你看着羊群，放心，一根羊毛也不会少的。"

三柱还想对红脸膛汉子说些什么，可三柱已看不清红脸膛汉子的脸庞，更看不清那些正在吃草的羊。

三柱说："羊？羊群呢？怎么一只也看不见？"

红脸膛汉子说："羊吃得饱饱的，晒太阳呢。"

三柱的脸上像是被蒙上了什么东西。

三柱说："好黑。"

红脸膛汉子说："飞到太阳跟前就不黑了，那里从来都是亮堂堂的。"

三柱自己也不知是不是飞到了太阳跟前。

三柱这一觉睡得可真香。

三柱醒来时，眼前的草地依然是绿茵茵的。

眼前的天空依然是明亮亮的。

羊群呢？

羊群没了。

那个敬他烟的红脸膛汉子呢？

红脸膛汉子也没了。

三柱简直吓傻了！

那么一大群羊，会跑到哪里去？

三柱手脚冰凉，额头上直冒冷汗。

三柱深一脚浅一脚地走回村子。

天说黑就黑了。

三柱看见自家大门口站了好些人。

"三柱，你咋才回？"

"羊呢？"

"三柱你把羊弄哪去了？"

三柱拿眼看自己的鞋尖，像是非要从鞋上看出朵花来。

"三柱你哑巴了？"

三柱说："羊让人偷了。"

"又不是几只羊，那么一群羊，大白天的，咋偷？"

"我让人骗了。我不该吸人家的烟。那烟里放了药。"

"你是三岁孩娃儿？"

"该不会是合伙把羊全卖了吧？"

三柱啥也没说。

三柱给大伙跪下了。

三柱孩娃一样哗哗淌眼泪。

晚上，三柱对儿子说："我想把咱家的两头牛卖了，用卖牛的钱再给大伙买回一群羊来。"

儿子说："不用卖牛也能牵回一群羊来。"

三柱说："上哪牵？羊会从天上掉下来？"

儿子说："你再去把羊骗回来就是。"

三柱说："看你说这话，哪还像句人话？要是你妈活着，非把你头拧下来。"

三柱现在有什么事喜欢和儿子商量。三柱的女人前年就死了。女人到死也不知得的什么病。三柱也不知。但三柱为给女人治病欠了一屁股债。三柱本来是想把牛卖了还债的。可现在三柱又变了主意。三柱离不开羊。放一辈子羊，是三柱一生的梦想。离开了羊群，三柱不知自己是不是还能活下去。

三柱爱星星爱月亮一样的爱自己的女人，可女人还是撇下他和儿子早早地走了。三柱留不住女人的生命，但三柱能用卖牛的钱换回一大群羊。三柱这样想的时候，就不再那么难受了。

三柱对儿子说："快去睡觉。"

儿子今年刚上学。

三柱最头疼的就是儿子老有写不完的作业。三柱有时怕儿子熬夜吃不消，会自作主张让儿子上床睡觉。有时三柱也会被儿子的老师训一通。

儿子最崇拜的人就是三柱。

儿子对同学说："我爸和别人不一样，我爸聪明。放羊的人都聪明。"

儿子揉揉眼，麻利地收拾好书本，笼中飞鸟一样跑到院子里撒尿去了。

撒完尿，儿子回来对三柱说："爸，你猜咱家的牛咋了？"

三柱刚脱完衣服，被窝里好凉，三柱掖好被角，说："牛还能咋了？待在牛棚里睡觉呗。"

儿子说："我刚才撒尿，看见牛从牛棚里飞到天上去了。"

三柱说："你这孩子，一会儿要我去偷别人的羊，一会儿又说咱家的牛会飞。我看你是写作业把脑子写昏了。"

儿子脱完衣服，也钻进了被窝。

儿子在被窝里说："原来牛在夜里还会飞啊。要是我在夜里也会飞就好了，我飞到天上去，就不写作业了。我连咱家的牛都不如，做人真不如做牛好。"

儿子睡着后，三柱却睡不着。

三柱真怕自家的牛再有什么闪失。

三柱重又穿衣下床，来到牛棚，牛棚空空如也，两头牛不翼而飞！

三柱头都要炸了！

三柱想儿子说得太对了，做人真不如做牛好。

第二天，三柱才知道，村子里不光他一家丢了牛，好几家的牛都被人偷了。

有人对三柱说："好家伙，那偷牛的也够牛的了。先爬墙跳进牛棚，再把牛腿捆起来，在墙外边吊车把牛给吊走了。"

三柱回家没心思吃饭。

儿子上学去了。

三柱从墙上摘下相框，相框里有女人的照片。

三柱一遍遍地用衣袖擦拭，像是非要把女人从相框里擦出来。

三柱对着相框里的女人说："一大群羊都叫人骗走了。咱家的牛也叫人偷了。儿子让我也去偷羊。我是偷？还是不偷？"

女人不说话。

女人只是默默地看着三柱。

三柱弄不明白女人的意思。

三柱说："你不说话就是同意了。"

三柱给儿子做好午饭，三柱自己却一口也咽不下去。

三柱到了另一个村子，然后又到了一个村子。一天转了好几个村子，三柱一无所获。后来，三柱又转了几个村子，还是一无所获。三柱转呀转，终于转到了青草茂盛的地方。那是一片大草地。那片大草地离公路很远，也很静。草地上有几只羊在悠闲地吃草。离羊不远的地方坐着一个瘦削的干巴老头。三柱没费力气就把老头捆在河边的一棵柳树下。

老头说："我家就这几只羊了。求你别牵走。你不知道，把羊养大不容易。你更不知道，上岁数的人在外边放羊更不容易。"

三柱说："你以为偷羊容易？偷羊比放羊难多了。偷的时候提心吊胆，怕被人抓住，往外卖羊的时候又怕露馅，谁愿意做贼？"

老头说："那你还做贼？"

"你以为我愿意偷？我也是被人偷惨了。"

老头说："我就指望着这几只羊秋后换钱给娃儿们添棉衣，却偏偏碰上了贼。"

老头哭泣的样子让三柱实在下不了手。

三柱给老头松了绑，直到老头和他的羊群从他的视线里消失后才一腚坐在草地上。

三柱垂头丧气走回了村子。

儿子说："爸，你去干什么了？"

三柱说："出去转转。"

儿子说："我以为你真去偷羊。我今天上课时心里好怕。"

三柱说："傻儿子，你以为爸会听你的？爸怎么能做贼呢？"

儿子说："爸，我长大了和你一块放羊。要放好大一群羊。咱家开一个放羊的大牧场。我当场长。咱家的羊不杀也不卖。"

三柱说："留那么多羊干什么？"

儿子说："就留着送人。村子里谁家的羊让人偷了，咱就送羊给人家。"

三柱说："傻儿子。"

儿子说："那样丢了羊的人家就不会像爸那样难过了。"

三柱说："爸没事的。"

儿子说："夜里你在被窝里哭，我没睡着。听见你哭，我没敢喊你。"

三柱说："爸等你长大，等你和爸一块放羊，放好多好多的羊。"

儿子的头发上亮闪闪的，那是从三柱眼里流出的泪。

那几天，离开羊群的三柱就像丢失了魂魄一样。

三柱挨家挨户去求人家，他说："我不能没有羊可放，再不放羊，我会死掉的。"

人家说："再被人偷去可咋整？"

三柱说："相信我不会让人偷的。"

人家说："连你家的牛都被人偷走了，我们家的羊不用你放。我们自己能放。"

三柱以为再也不会有人让他放羊了。

可竟有一家不怕偷羊的，那一家只有一只羊。

人家说："三柱，你八辈子没放过羊？你放羊放出瘾来了，你去羊圈里把那只羊牵走吧。"

三柱就差给人家跪下了。

三柱走出人家的大门时丢下一句话："人在羊就在。"

三柱牵着那只羊，像是在展示一件稀世珍宝，在村子里走来走去。见人过来，老远就打招呼："呵呵，我去放羊。"

别人说："三柱，可不能再把羊放丢了。"

三柱说："呵呵，不会的。就是丢了我三柱，也不会丢了羊。"

三柱牵着那只羊，又一次走向了那片青草地。

那只羊有些怪，它不是去撒着欢儿吃草，而是像个哲人似的在那里静静地沉思。

三柱过去拍拍羊的脑袋，说："你不用怕，我会好好保护你的。谁要敢来牵你走，我就和谁豁命。"

羊依然是忧心忡忡的样子。

三柱心里有些凄凉。

三柱心想，连羊都不信我的话了。

三柱对羊说："伙计，你再不吃草，明天我就不带你来了。憋在羊圈里的滋味就那么好受？"

羊依然做沉思状。

三柱坐在那里，也像羊一样做沉思状。

远远看去，静静的草地，静静的羊，还有静静的牧羊人，宛如一幅油画，是那样的富有诗意。

这时，打远处过来一个骑摩托车的年轻人。

年轻人骑到三柱跟前，对三柱说："你的胆子真大，还敢出来放羊。"

三柱并不搭话。

三柱拿眼看那只羊。

年轻人拿眼看三柱。

年轻人又说："不是我吓你，现在有好些偷羊的。"

三柱想，该不会又要让我吸烟了吧？

年轻人说："那些偷羊的好可恶，大白天就敢明目张胆偷。"

三柱想，也许你就是偷羊的呢。

年轻人说："我看出来了，你不信我说的话。你以为我也是偷羊的。"

年轻人打车上下来，把摩托车停在离三柱不远的地方。

年轻人说："上个月，我的羊大白天就被人偷了。回家跟老婆说，老婆死活不信。老婆说，你一个大活人就看不住几只羊？没准你是把羊扔在草地里，找女人去了吧？"

三柱的脸不再绷得像面鼓。

三柱的嘴角浮出了一丝不易察觉的笑意。

三柱心想，也是个倒霉蛋，比我强不到哪儿去。

年轻人说："丢了羊不可怕，你说让女人指着鼻子骂算咋回事？我一想到这些事就气不打一处来，我就想出来散散心，想找个人说说话。"

三柱说："天不会塌下来的。"

年轻人说："就是。你还不知道咋个偷法呢。要不是我被人偷，打死我也不相信有这种事。我给你学学吧。也算是给你提个醒儿。"

年轻人从摩托车上扯下一条细麻绳，比比画画地对三柱说："他们从羊腿上缠几道，就把羊扔到车上。你看，就像我现在这样。"

年轻人说着，顺手把羊扔在摩托车上，加大油门，一家伙蹿出老远。

三柱还没明白过来是怎么一回事，骑摩托车的年轻人早跑得无影无踪。

苏里小镇上的陌生人

故事和月光有关，和一扇门有关。

那是一个夏季的黄昏。

有位脸上有疤痕的外地中年男人来到了一个名叫苏里的小镇。中年男人是打很远的地方来的。他凭着两年前的记忆，径直走进了一个不太起眼的院落。院落的门是开着的。他发现虽然院落的面积没有变化，但不像两年前那么有生气了。到处是破砖烂瓦。中年男人站在院落里，连他自己也不知站了有多久。这个院落的一切，仿佛都在默默地告诉他，院落的主人一定是把日子过得很狼狈，再也没有两年前那样蓬勃的迹象了。不知何时，一位憔悴的瘦削老头儿打屋子里慢腾腾走出来。老头儿鹑衣百结，当他抬起头时，在沉沉暮色中，中年男人看清了老头儿黧色的脸和杂乱的胡子。老人的样子的确有些怪异，但中年男人又一时说不清楚怪在什么地方。

老头儿问中年男人：你找谁呀？

中年男人说：老人家，我找夏天宝。我记得一年前他是住在这的。我还和他在这个院子里喝过酒，打过扑克牌。

老头儿点点头，说：哦。没错。这是夏天宝的家。听口音你是外地人吧？我以前咋没见过你呀？

中年男人说：老人家，我不是本地的。我以前和夏天宝有生意上的来往。我们是生意上朋友。我这次来也是为生意上的事情来找他。他过得还好吗？

中年男人一脸的疲惫。他想问的事太多，以至于脑子里有些混乱。他很想到屋子里好好歇一会儿，好好理一理头绪，再向老头儿问这问那。他一年前生了一场病。病好后，脑子里常常是丢三落四。有些没用的事记得清清楚楚，有些很重要的事却断断续续，要么只记住个开头，要么只记住个结尾。他为此很是苦恼。现在，中年男人实在是太累了。坐了两天一宿的火车，又走了三个多小时的山路。当他感觉身体非常疲倦时，说起话来会更加杂乱无章。

中年男人还没等走到屋子里去，就听到走在他前面的老头儿发出一声很重的叹息声。中年男人看到老头儿的背有些驼，走起路来也是颤颤巍巍的，像是随时要被风吹倒的样子。中年男人很想上前去扶老头儿一把，但他发现老头儿好像是不太喜欢和他的距离太近。老头儿总是和他故意保持一段距离。中年男人越发觉得这个老头儿古古怪怪的。中年男人心想，这个叫苏里的小镇真是个古怪的小镇。也许一方水土养一方人，所以也只能见怪不怪了。

老头儿说：一言难尽，天宝是个好人呀。天下难找的好人，只可惜命短。要是他现在还活着多好。唉。

愕然霜一样结满中年男人的脸颊。

两年前，夏天宝还是一个活蹦乱跳的小伙子呢，咋说没就没了呢？他甚至有些怀疑这个老头儿脑子有毛病，也有些怀疑自己的耳朵有毛病。

中年男人稳住神，略带诧异地问：老人家，你说天宝他……

老头儿说：天宝一年前就死了。是为救一个滑落到水塘里的孩子。你说他又不会游泳，可一看到有孩子滑进了水塘，就忘了自己不会游泳的事了。硬是一个猛子扎进了池塘里。池塘可是有年岁了，里边的青苔厚得看不见塘底。又深又滑，你说天宝跳进去，哪能有个好？结果，孩子倒是被人救上来了，等天宝被人捞上来时，早断气了……

老头儿说说停停，中年男人一直很安静地听着，静静地打量着这个已到了风烛残年的讲故事的老人。这个故事一下子让中年男人手足无措，他有些慌乱，有些惋惜。中年男人的目光有些黯然。悲哀笼罩了他的双眼。渐渐地，余晖被夜晚抹去。天色开始一点一点黑下来了。

中年男人不打算再到屋子里坐了。

中年男人问老头儿："老人家，你是夏天宝家的亲人吗？"

老头儿说："不是不是。我要是能有夏天宝这么个儿子就好了。唉，我可没那福分。我是他的一个邻居。以前天宝活着时，对我可好了。后来我的儿子成了家，天宝看我没地方住，就让我搬到他家来了。说是他天天在外边跑，家里连个人也没有，搬来好和他做个伴儿……"

中年男人问："老人家，夏天宝难道就没有一个亲人了吗？"

老头儿说："他的父母早就没了。只有一个姐姐，好几年前就跑到外边打工去了。到现在生死不明。连个口信儿也没往回捎过。唉，一家子人，就这样死的死，没影儿的没影儿。这人哪，真是朝夕祸福，早有老天爷给你安排好了。人有千算，老天爷只有一算。人算抗不过天算……"

中年男人问："夏天宝死之前，是不是一直还在做那些日用品批发的小本生意？"

老头儿说，早不做了。自打他有一次做赔了后，就没法再做了。我听夏天宝活着时跟我说起过，他欠了很多人的钱，但也有不少人欠他的钱。他也是在万般无奈时才去骗别人，别人也骗过他。他不想让别人骗，更不想去骗别人。可是人一旦做起生意来，有时就把握不住自己了。钱是什么玩意儿？要我说钱他妈的是个有毒的物件。为了钱，不知有多少人搭上了性命。有的还是一搭就是一家子人的性命。做到后来，天宝欠别人的钱太多，也许他天生不是个做生意的料。他也想把钱都利利索索地还给人家。可上哪弄那么多的钱呢？他是真难为坏了。他那天救那个孩子时，就是去和邻村的一户人家去讨债，结果，债没讨来，命却丢了。事后，办天宝的丧事时，那个欠他钱的人也来了，他哭得像个大老娘们儿，他说那天家里穷得连顿饭都没法管，要是留下天宝吃饭，他哪能把命丢到池塘里呢？唉，天宝也急呀，有些钱，看样子是一时半会儿还不上了。说起来，他也是被别人骗苦了，要不，哪有做生意只赔不赚的呢？都是没办法的事。后来，在天宝死后的这两年里，我天天住在这里，来找他要账的就没断过。有时候一天来好几拨儿人。你是没见，那些个要账的，有的手里明目张胆拿着凶器。有的把凶器藏在包里。我见得多了去了。人心险恶呀。我一个孤老头子我怕谁呀？是不？再说，夏天宝人都死了，要是想要钱，有本事就去找他的魂儿要去。我又不是夏天宝家的人。冤有头，债有主，有些人连这么个理儿都不明白，也是枉披了一张人皮了……

　　老头儿只顾滔滔不绝地讲个不停。也许这个老头儿是个非常健谈的人。也许是因为在这有月光的夜晚，他想把心里的委屈都一股脑儿倒出来。人有时就是这样，越是把一些话闷在心里，越是委屈，可一旦说出来了，就像是那些委屈和烦恼都插上了翅膀，扑扑棱棱飞得无影无踪。中年男人本来还想问好多有关夏天宝的事，可是老头儿根本不给中年男人说话的机会。中年男人就不再往下问什么了。

　　中年男人两年前来过这个镇子的。后来他遇上了火灾，把他的脸烧坏了。现在，他的脸看上去有些狰狞。左脸颊那里有好几条蚯蚓一样的疤痕。他当时是为了保住仓库里的货不被大火烧毁，才冒死领着人一趟一趟地往外搬货运货的。可是就在快要把仓库里的货搬完时，一根正在燃烧的屋檐条忽然间打屋顶上掉下来，砸在他的头上。他就一下子晕倒在地。等他醒来时，他发现自己在医院。病床前有很多的人围在他身边。他示意跟前的人拿镜子给他。因为他感觉脸上像针扎一样的疼。当时，他的家人就是不肯给他镜子。等他伤愈出院后，才第一次有机会能照镜子。结果可想而知。他摔碎了镜子。

破相后的脸要多难看就有多难看。原本方方正正的脸庞，现在透着一股狰狞。不要说是别人对他是个什么看法，就连他自己，自从摔碎镜子后，就再也不敢去照镜子了。他这才明白，原来容貌并不是单单对女人重要。同样容貌对一个男人的自信心更是重要得没法再重要。女人可以找一个理由不再出门。但男人不行。一大家子人要等着他来养活，想不出门，想不见人，都不成。他在家待了很长的一段时间。他的自信心一点一点地消失殆尽。再后来，他竟开始失眠健忘。连头发也开始大把大把地掉。他跑了不少医院，也尝试着用过不少偏方。在度过无数个不眠之夜后，他在家再也待不住了。他要去一个地方了。

这个地方就是苏里。他一直在想，也许苏里这个地方能治好他的病。也许苏里能给他重新再把生意做下去的勇气。但他只是这样一遍一遍地想，想过无数遍以后，他终于背着家人动身起程了……在这有着姣好月光的夜晚，他很想和老头儿谈谈他以前做生意的事情。可是，老头儿好像根本不在意他是干什么的。老头儿只是在不停地唠叨夏天宝的事。

夜色越来越浓了。中年男人看见，月光已不知不觉间像是悄悄为院落里铺上了一层薄薄的银子。中年男人又想起了两年前最后一次和夏天宝在这个院落里喝酒时的情景。那天，夏天宝喝高了。他自己也喝高了。他听见夏天宝用醉得不成样子的口气问他：失败是什么……没有什么，只是更走近成功一步。成功是什么……就是走过了所有通向失败的路，只剩下一条路，那就是成功的路……

中年男人听见，在这万籁俱寂的夜里，不时从镇子上传来路两旁各家院落关门的声音。

老头儿并不起身去关院落里那扇敞开着的院门。中年男人看见，月光下，从门外不时会进来觅食的野狗。连那狗也是大摇大摆的，偶尔把院落里瓦罐里的水给碰洒出来。好像根本不把院落里的主人放在眼里。也有行人进来问一下路的，也有行人进来讨碗水喝的。但这一切在月光越来越明亮时，随着夜风的吹拂，却终于静下来了，再也没有来觅食的野狗了。再也不见有来讨水喝的路人了。院落里，陪伴着他们两人的，除了月光还是月光。

中年男人问老头儿："老人家，天这么晚了，你为何不关上大门呢？"

老头儿仍在絮絮叨叨地述说夏天宝活着的一些事情。当中年男人又一次问老头儿为何不关上院落里的大门时，老头儿慢腾腾地说："我在等夏天宝回来呢。他每晚都回来看看我。要是关上门，他就不敢进来了……"

中年男人被老头儿的话吓了一大跳！

中年男人胆战心惊地问老头儿："你不是说夏天宝已经在为救一个孩子在池塘里淹死了吗？难道你刚才是在骗我？"

老头儿说："我哪能骗你？人命关天的大事，哪能随便说着玩的。是呀。在别人眼里天宝是死了。可他一直活在我的眼里。我和这孩子有缘。我只要不关上大门，他每晚都来看看我。他现在是阴间的人，最怕阳间的人不给他留门，那样他想来看看我这孤老头子也进不来了……"

中年男人被老头儿的话吓坏了。他本来想到屋子里去，想在这里住一宿的。可是屋子里漆黑一片。他只好坐在老头儿的对面，一动也不敢动。

老头儿又说，夏天宝每次来都是推着他那辆活着时最喜欢骑的摩托车。进了大门，也是一声不吭。我寻思着他可能是不敢说话，怕吓着我。他每次来了就把摩托车放在门左边，那里是天宝家以前的牛棚。他从来没换过衣服，来的时候总是穿着他那件救人时穿的橘红色的外衣。没准一会儿他就要回来了。他可准时了，大都在静夜后，星星出全的时候才来看我……老头儿正说着话，忽然，月光下，中年男人看见老头儿的双眼放出炯炯的光芒。

老头儿对中年男人说："你看，是不是？天宝回来了！我就知道这孩子会惦记着我！"

中年男人朝大门那里望去，果然看见夏天宝穿着一件橘红色的上衣，推着摩托车从大门外进到院落里来了。他正在往门左边走去，看样子是要去牛棚那里放摩托车。中年男人顿时有一种毛骨悚然的感觉。他跌跌撞撞向大门外跑去。他一直在跑。跑得越来越快。他只想早一分钟离开这个闹鬼的镇子。今天真的是撞见鬼了。

夏天宝放好摩托车，问父亲："刚才我放车时好像看到有一个人影子从咱院子里跑出去了。"

老头儿说："一看就是个来要账的。我就对他说了谎。"

夏天宝说："你又跟人家要账的说了什么？你咋这几天总是和来要账的说谎？说一句谎话，要用十句谎话来弥补，何苦呢？"

老头儿实在不好意思把刚才和那个男的说的话学给儿子听。他只是不停地说："宝儿，不管怎么说，我还不是怕那些要账的来缠上你吗？我这么大岁数了，就你这么一个宝贝儿子，真怕你再有个三长两短，我老了就连个指望的人也没有了。"

夏天宝说："你又没问清楚人家，就断定是来要账的呀？也许是一些以往做生意的朋友呢。有时不要太肯定自己的看法，这样子比较少后悔。"

老头儿说："那你说这几天来要账的人还少呀？都是些外地人。我都懒得问他们了。我大都是在你来家之前把他们轰走的。"

夏天宝说："越是外地人，越要多问人家一些情况才对。人家大老远地来了。默默地关怀与祝福别人，那是一种无形的布施。"

老头儿说："我看你是上学上傻了。没考上大学，倒是学了一肚子没用的大道理。当饭吃还是当衣穿？凡是来要账的搭眼就能看出来。他们都是拎着一个不起眼的破包。那里边大都是装着绳子和刀子呢。我遇上好几个了。"

爷俩说着话，进屋吃饭去了。

那时候月光越来越明亮了。中年男人一口气跑到了一条泥土路上。月光下，他看到路两旁的树枝丫在上空中相接。低而圆的月亮仿佛在轻轻抚慰他那颗被惊吓得怦怦乱跳的心。他一边不时地捂一下胸口，一边用手不住地按他的上衣口袋。口袋里边装着一张支票。两年前，他借了夏天宝一笔数目不小的钱。他因为遭火灾破了相，一欠就是两年才顾上来还夏天宝钱的。现在，他再也不打算来这个叫苏里的镇子了。

冬天的河床

老百姓居家过日子，会遇上各式各样靠脑子来思考的事情，这就需要通过周密的思考后，打理自己的生活，考虑一下哪些事做过了头儿，哪些事做得有些虎头蛇尾，哪些事要在将来的日子里做一些必要的补充。大到一个国家，小到一个家庭，凡事都是这样反反复复靠着日积月累的经验来指导工作和生活的。老百姓把这个积累经验的过程叫作摸着石头过河。

现在，我来讲一个日常生活中关于积累经验的小插曲，这个小插曲就发生在我的家中。那天，我的父亲一大早就出去打豆浆了。一般来讲，我们全家除了父亲，早上的时间大都还在床上赖着不想动弹。好在父亲是个性格很宽宏大量的人，他从不指责我们做小辈的，按说这事该保姆去做。但父亲考虑保姆岁数大了，晚上休息的晚，从不吩咐保姆去做这些琐碎的事情。那天父亲买完油条，回家在餐桌上吃饭时宣布了一条刚听说的新闻："今天在卖油条的摊子前，听人说凤凰河大桥下边淹死了一个老头儿。唉，真是个可怜的人啊。"

奶奶顾不上吃油条了，抢先发话，说："好好的谁愿意死？鸟雀都知道贪生，一定是后辈不孝，自寻短见呗。"

爷爷也不甘示弱，像是想起了什么事情，说："要说寻短见，我想起了以前古书上讲过的一件事。"

爷爷抹抹嘴上的油，也顾不上喝碗里的热豆浆了，就给我们几个人讲起了一个故事。他说，从前有一个瞎老头儿，死了老伴。儿子出去做生意挣钱，儿媳耐不住寂寞，找了一个相好的。儿媳和相好的开始还知道遮人耳目，时间久了，胆子越来越大，和公开差不多。两人打得火热。后来，瞎老头儿也知道了。老头儿想劝儿媳又没法开口。儿子回来，瞎老头儿就劝儿子不要再出去做生意了。

瞎老头说："一家人守在一起，挣稠的吃稠的，挣稀的吃稀的。在一块儿过日子有多好。"

儿子说："那怎么行呢？嫁汉嫁汉穿衣吃饭，我现在是有媳妇的人了，将来我还要做父亲，不趁着现在年轻多挣点银子，将来花什么啊？"

老头说："咱一个大庄子人娶媳妇的人多了，人家都没有舍家撇业地出去，也没见谁家有饿死的。"

儿子听不进去，他的心愿就是大男人要像个大男人的样子，不能让媳妇过上让别人羡慕的好日子算什么好男人啊？当他把自己的想法全盘托出说给父亲时，父亲长叹口气，也不好再说什么了。有时候，越是最亲的人，越是有些话还真不好当面讲出来。眼看儿子又要准备离家出去做生意。恰巧这时儿媳也发现公公知道了她和别人相好的事，她悄悄跑到相好的家里，很着急地问相好的："我那瞎老公公可能把咱俩的事透给我丈夫了，这可如何是好呢？"

相好的就想出了一条妙计：让她解开上衣扣子，把一只猫搂在胸前。她弄不明白相好的是什么意思。于是，相好的就附在她的耳边如此这般说了老半天。那天，儿媳回家后，真就照着相好的教她的办法，找来一只大花猫，然后把大花猫搂在胸前，结果，大花猫被搂得透不过气来，就拼命地想往外挣。当时，儿媳妇被大花猫挠得胸前一道青一道红的，疼得她眼里淌出了泪，但一想到不这么做，她和相好的事就有可能让丈夫知道。她可不想让村子里的人知道她和别人相好的事。她更知道村规的厉害，村里的人一旦在外边有了相好的，轻者让人用乱石猛打一顿，重的就要把相好的男女用柳条筐装起来，然后再在筐里坠上块大石头，然后抛到大海里去。她还这么年轻，虽然想偷情，但不想让人给抛到大海里去。她一直忍着疼，直到大花猫把她的前胸抓出了一道道的血痕，直到有的地方都在往外渗血丝了，这才把那只大花猫从怀里抱出来。

儿媳哭着跑到丈夫的跟前，说是公公要对她非礼，她不依，就被抓破了。

丈夫不信，说："父亲眼都看不见了，能存啥坏心思？再说了，要真那样，他就不会一再劝我留在家里了。"

媳妇说："他是怕我告状，故意这么说糊弄你的。我说的都是实话，你爱信不信吧。"

儿子就去问父亲。父亲当然浑身是嘴也说不清楚。打那，儿子对父亲的问话总是爱理不理的。有时候，父亲越是和他解释，儿子越是心里烦。到了后来，无论父亲和儿子说什么，儿子也不相信父亲。再到后来，儿子干脆对父亲一句话也不想多说了。父亲说什么，儿子都闭口不答话。结果，有天晚上瞎老头儿就投河自尽了。讲完，爷爷说："没准凤凰桥下的老头儿是不想看儿孙的脸色才自尽的。"爷爷说完就去凉台上吸烟去了。

母亲从厨房里洗完碗出来，说："我倒不这么认为，没准这个老头是因为家里的儿女对他太好才投河自杀的呢。"

母亲就讲了一个从同事那里听来的故事。

母亲说，有一个老太太，在病床上躺了十多年。儿子和儿媳都很孝顺。小两口很想让母亲能吃得好一些，穿得体面一点。因为母亲打年轻的时候就一直守寡，为了儿子不受委屈，一直没有改嫁。那年头，别说是个寡妇，还拉扯着个刚会走路的孩子，就是家里有男人的，日子也都过得紧紧巴巴的。好不容易，母亲屎一把尿一把的，总算把拉扯大了。儿子长大后，母亲为了给儿子找媳妇，又是没白没黑地出去找活儿干。扫过大街，给人洗过衣服。也给人在大街上擦过皮鞋。那时候，积攒一分钱都非常的艰难。母亲硬是咬着牙给儿子买了一套面积不大的房子。儿子单位的效益不好，人到中年时，又遇上厂子垮了。打那，儿子就一直在为重新找工作四处奔波。找了很多天，也没找到一份能干得住的工作。只能靠下苦力零打碎敲在外边找点活儿干。力气虽然下得比原来在单位工作时多，但收入一下子减了下来。家里少了收入，自然日子就过得更加的窄巴了。日子虽然过得很贫穷，但儿子和媳妇宁肯自己省吃俭用，也要尽量让母亲每天能吃得好一点。到了冬天，赶上下雪的时候，没钱买煤取暖，晚上老太太在床上尿湿了被褥，儿子就钻进老太太的被窝，用自己的热身子把老太太尿湿的地方暖干。儿子在外面靠下苦力挣钱养家糊口，不管有多累，儿子回家总要先给病床上的母亲按摩。也许是儿子的孝心感动了上苍，老太太竟能下床活动了。可是没过多久，老太太的肾又出了问题。儿子为给母亲治病，四处寻医，这下子使本来家境贫寒的儿子又背上了不少的债。老太太看在眼里急在心里。儿子已经身无分文了，但儿子对母亲说，不要怕，我还有强壮的身体。儿子决定要卖掉自己的肾，如果钱还不够，就卖掉现在住的房子，来为母亲治病。老太太真急眼了。儿子是成家的人了，要是为了给当母亲的治病，把全家人的立身之地都搭上，那还保全这条老命有什么意思啊？老太太越想心里越难受，就想了很多的办法来劝说儿子不要卖肾，不要把房子卖掉。可是无论老太太如何劝说，儿子就是不答应。老太太劝不住儿子，只好求儿媳劝劝儿子。

儿媳对老太太说："你儿子是咱家的顶梁柱，我当然不愿意他卖自己的肾。我也当然不愿意卖掉房子，那样只能出去租房子住了。可话又说回来，他的生命是父母给予的。夫妻情似江长，母子情似海深。他在尽孝，我阻挡他尽孝，就是更大的不孝啊。"

儿媳一席话把老太太说得哑口无言。老太太急得都快要掉眼泪了，可儿子和儿媳根本不听劝说。老太太左想右想，就想出了一个办法，她求医生给她打了强心针，因为老太太只要打了强心针，就能下床走动。打完针，老太太找了个机会，一个人悄悄从医院里跑出来，拦了一辆出租车向城外飞跑。出租车路过城外的一个大桥时，老太太让司机把车停下。然后，老太太从车上下来，等车开走后，就一头扎到了桥下滚滚的河水中。

讲完，母亲说："没准凤凰桥下的老头儿是不想给儿孙添麻烦才自杀的。"

母亲说完，就去菜场买菜去了。

父亲又问我家的保姆阿姨："你怎么不说话？"

阿姨感冒得挺厉害，刚才要抢着去洗碗，母亲说让她今天好好休息。阿姨说："我们乡下人不太会说话。刚才听你们这一说，我就想起了乡下的一个邻居。"

于是，阿姨就讲了邻居的故事：邻居也是一个孤老头儿，在家闷得难受，想找个老伴。还真有人给介绍了一个。没想到的是两边老人的子女都极力反对。更没想到的是两个老人也许是前世修来的缘分，好成了一个头。俩人都觉得若是依了儿女，不在一起的话，身体很快就会出毛病的。因为每当两人在一起时，就感觉特别的亲，心情也特别舒畅。他们相亲相爱的样子让年轻人看了都眼红。他们越是这样，子女们越是不让他们在一起。硬是把他们给分开了。人老了，有时是抗不过儿女的。这就叫可怜天下父母心。他们虽然为儿女辛苦了大半辈子，可一看到儿女不高兴的样子，还是狠不下心来硬要和喜欢的人在一起。这时，街坊四邻的看不下去了，有热心的人就去劝说两位老人的儿女。但是无论街坊们说什么，两边老人的儿女像是开过会统一过意见似的，就是不点头同意老人的婚事。为此，街坊们就指责双方的儿女们太不孝顺了。两位老人听到这些议论后，心里像刀割一样的难受。为了不让儿女不高兴，两位老人分开后，再也没有在一起说过话。后来，女的在家不吃不喝，没过多少日子就生病死了。那个孤老头儿天天想那个女的。结果就在一个雨夜里投河自尽了。

讲完，阿姨说："也许凤凰桥下的老头儿是和家里人有了争执才自杀的。"

阿姨说完就回卧室休息去了。

父亲问我："你怎么看这件事？"

我说："还是不说吧。"

父亲说："你是写故事的嘛，快说说看。"

我说："有四种结局。一、有可能老人是太穷，羡慕和他同龄的人比他过得舒心。二、不小心失足掉到了桥下。三、可能是精神病患者，也许是老年痴呆症。四、和家人闹别扭，一时想不开。"

父亲听完，好久没说话。

第二天，父亲一大早就出去买豆浆。全家人也都比平时起得早，整齐地坐在餐厅里等父亲回来。家人都想知道有关那个老头的死因，看看是谁猜对了最后的结局。

父亲终于回来了。

父亲对全家人说："昨天排队买豆浆，闲着无聊，有人说凤凰大桥下边淹死了一个老头儿。当时排队的人也像咱家一样，乱猜一气。那人买完豆浆，说，大伙也不想想，现在正是大冬天的，桥下是干涸的河床，哪来的河水呀？有时一些常识性的东西往往最容易被人忽视。"

全家人都长长叹口气。

爷爷说："对呀，凤凰河就是在夏天水位也不高。倒把这事给忘了。"

奶奶说："那人是吃饱了撑得没事干呀？没死人怎么能瞎说呢？"

父亲也叹气，说："那人说是在搞一个心理测验。他说现在受骗的人太多。有些事稍动一下脑子就可以避免上当。为什么我们就没想起要先核实一下，看看小道消息是不是可靠，然后再根据自己的生活经验去发挥想象呢？经验主义真是害死人呀。"

最后的陪伴

桐花的手机响了。桐花看了一下来电显示，是个陌生号码，接还是不接？桐花犹豫着。在这个城市里她没有朋友，很少有人会和她主动联系。也许是打错了吧。桐花按下接听键，是一个女的，听声音有五十来岁吧。

"喂，你好！你是张桐花同志，对吗？"

桐花说："是我，你是哪位？"

"我是乐康敬老院的院长。我姓陈。我们院里的李奶奶是位孤寡老人。她老人家挺可怜的。老人家是四川人。听说你也是四川人，我们想招聘一名四川人来照顾李奶奶，不知你能不能来应聘？"

桐花很好奇，她在这座城市里无亲无故，她刚来这座城市没几天，这家敬老院为什么会知道她是四川人呢？在她的一再追问下，陈院长才在电话里告诉她：原来，陈院长是在本市一家人才中介公司里的待业人员档案中发现桐花是四川人的。李奶奶因为有糖尿病，眼睛看东西不是很清楚，脑子也一阵清楚一阵糊涂的。老人在意识清醒时，常说她在老家四川有个女儿。老人家说要是能在临咽气之前见上女儿一面，这一辈子就死而无憾了。当初李奶奶来敬老院时一再说是没儿没女的，大伙猜测李奶奶可能是在身体越来越差的情况下思维有些混乱，开始想念家乡才导致老人家说有个女儿的。陈院长看李奶奶可怜，就想了个办法，到各家人才中介公司去打听有没有四川籍的人在本市找工作。桐花就被一家中介公司推荐给了陈院长。陈院长在电话上一再劝说桐花来照顾李奶奶。陈院长说工资待遇各方面都好商量。桐花说："可我现在不想在这座城市里找工作了啊……"

听桐花的口气有些犹豫，陈院长在电话里真有些沉不住气了。说："桐花，我们虽是素不相识，但看在李奶奶无儿无女的分上，就来干一些日子吧。看样子李奶奶也没有多少日子了，要是李奶奶哪一天真不行了，你不想干可以随时走……"

桐花一边在火车站的售票窗口前排队，一边在电话里听陈院长说李奶奶的事情，当桐花听到陈院长焦急的口气时，桐花有些被这个陈院长感动，桐花觉得这个陈院长是个热心肠的人。当她已经排到了售票窗口前时，桐花做了个连她自己都没想到的举动：她把伸向窗口的手又缩了回来，她不想买回老家四川的火车票了，她要去陪和她素不相识的李奶奶。

桐花来到敬老院，见到了陈院长。陈院长见到了桐花，高兴得像个孩子一样手舞足蹈："欢迎欢迎！热烈欢迎！桐花，真的是委屈你了，以后你喊李奶奶妈妈好吗？"桐花说："我母亲病故好多年了，再喊别人妈我怕是不习惯……"哪知热心肠的陈院长没等桐花把话说完，就牵着她的手来到李奶奶的床前。陈院长轻轻附在李奶奶的耳边说："李奶奶，你女儿来了，她来看你了！以后你女儿就不走了，天天在这伺候你好吗？"

桐花的手被陈院长用力攥了一下。桐花知道这是陈院长让她赶紧喊一声妈妈。桐花无论如何喊不出来，把脸都涨红了，只好用四川话说："以后我会好好伺候您老人家的。"

也许是听到了久违的乡音。也许是做梦也不会想到天上忽然掉下个亲生女儿，李奶奶很是激动："妞妞！我的妞妞来了！"老人家想从床上坐起来，可刚一动弹就开始剧烈地咳嗽，老人家被病魔折腾得不像样子了。桐花忙着拿过床头的痰盂，然后轻轻把李奶奶扶起来，帮李奶奶吐完痰后，桐花又麻利地扶李奶奶重新躺下，并轻轻为李奶奶做按摩。说来也怪，也许是与心情有关，今天李奶奶的精神头儿看起来格外好，思维也出奇的清醒。李奶奶告诉桐花，她年轻的时候曾和一个有妇之夫生过一个女儿。她给女儿起名叫妞妞。当时她不知道那个男人有家庭。女儿满月的那天，那个男人在饭里加了药，她一觉醒来时身边已没了女儿。她的枕旁放着一个存折，里边有一笔数目不小的钱。这个男人从此就人间蒸发了……从此，李奶奶漂泊了好多城市，也嫁过两次人，但都因她再也没有生育，最后都以离婚收场。当年的那笔钱李奶奶一直带在身上，直到她老了进了这家敬老院后，就把这笔钱连同她一生的积蓄都交给了陈院长，李奶奶说这家敬老院就是她的家，陈院长和这里的工作人员就是她的孩子。敬老院的人都被李奶奶的这种信任所感动。陈院长承诺李奶奶，一定要尽最大的努力满足她老人家找到女儿的最后心愿。但茫茫人海到哪儿去找？让桐花顶替也是陈院长临时想出的办法。本来桐花是答应陈院长在这工作一个月的时间的，但她被这里的人对李奶奶的那份热情和真诚所打动，一个月后她仍留在李奶奶身边，让李奶奶天天妞妞这妞妞那地和她聊天，她觉得这样挺幸福的。她愿意当妞妞，愿意为老人家做这做那的。陈院长也很高兴，她常和院里的工作人员说："能让老人在人生的最后一段路程感受到亲情，真为老人家感到欣慰。"

然而，谁也不会想到事情并不是大伙想的那样。李奶奶临咽气的时候，紧紧握着陈院长的手，说出了一个久藏心中的秘密："你是好人！桐花是好人！你们都是好人啊！其实我早就通过朋友打听过，妞妞在七个月大的时候就夭折了。我把桐花认为妞妞，只是被你们的热心肠感动，不想扫大伙儿的兴……"

没等李奶奶把话说完，一个令大伙儿更加意想不到的事情发生了！桐花忽然把脸附在李奶奶的耳边，大声喊着："妈妈！"这是桐花破天荒头一次，也是唯一一次喊李奶奶妈妈。李奶奶用微弱的声音答应着，嘴唇张张合合的，但已无法听清老人家到底想说什么。陈院长和大伙儿都以为桐花是为了安慰老人才这么喊的，没料到从桐花的嘴里却爆出了一个更加让人惊奇万分的秘密！桐花急切地说："相信我！我真的是妞妞！"只见桐花从手腕上撸下一只玉镯，然后又从李奶奶的枕下摸出了另一只玉镯，天啊！在场的人都看傻了眼！两只玉镯一模一样！李奶奶像是回光返照的样子，竟在大伙的搀扶下坐了起来！平时老人家的视力一直不太好，现在她却说："是！真的是妞妞还活在世上！我这不是做梦吧？"

原来，当年桐花被抱走的时候，那个有妇之夫把李奶奶的一只玉镯放在了包桐花的小棉被子里。多年前，桐花的养父在快不行的时候，才把桐花的身世说了出来，并把这只玉镯交给了桐花。当时养父告诉她，说："我也不知道你的亲生母亲是谁，但人家当时把你送给我的时候，说你的母亲也拿着和这只一模一样的玉镯。"养父还告诉桐花，说当年你母亲曾打听过你，你生父的家人告诉她你早就夭折了……

霎时，大伙都愣在那里，这戏剧性的一幕，感觉像是在听一部电视剧的剧情介绍。世上竟有如此巧合的事情？太让人难以置信了！

料理完了李奶奶的后事，桐花就神秘失踪了。她给陈院长和大伙留下了一封情真意切的感谢信。她在信中说，打很小的时候就听大人讲，自己的母亲早就不在人世了。是养父把她抚养成人的，直到养父告诉她的身世之谜后，她多方打听到了不太可靠的消息，那就是她的生身母亲还活在世上，而且就生活在这座城市里。带着试试运气的想法，她只身来到这座城市，寻母无果的痛苦，别人是无法体会到的。但她一直不灰心。后来她想起了在中介公司报名找工作的念头，是想在这个城市里先做保姆工作，再慢慢找母亲。那天是因为她在医院查出患了无法医治的绝症后，她就想离开这座城市了。她想回到原来生活的地方去接受化疗。当她接到陈院长的电话时，好像是上天有意安排的一样，她竟鬼使神差放弃了买火车票的想法，只是觉得自己理解寻找亲人的痛苦，便义无反顾地来到了敬老院。

她当时着实为自己的举动感到自豪，觉得能在自己为数不多的日子里完成老人寻找亲生女儿的心愿。她是在帮老人拆洗枕套时，无意间发现那只玉镯的。她本来是想当时就告诉老人，但又怕老人一时经不起刺激，没敢说，但她一直在寻找说出真相的时机。却一直还没找到这种时机。她没想到的是在帮别人的同时，却无意间帮了自己。信中最后说，她不会要敬老院转交给她的钱。她就是因为大半辈子婚姻一直不顺才那么迫切想寻找母亲的。她离过一次婚。一直也没生过孩子。她很担心自己身体会撑不到母女相认的那天，她只好每天大把大把地吃药。尽管她的身体很糟，但找到母亲的快乐一直让她强撑着。她没想到竟能撑了五十四天。她现在要钱有什么用呢？她决定把个人大半生所积蓄的存款也要转到敬老院的账户上来。她们母女俩都感谢大伙儿，感谢好人……大伙儿看着信，眼里都流出了热泪。陈院长说："我认识一个作家，我要把这件事告诉她，让她写出来！最好能拍一部电视剧！我要让更多的人知道，人生如戏，爱别人就是爱自己！"

现在，不知陈院长是否找到了作家，这个故事是否拍成了电视剧。谁知道呢，其实，人世间的真情故事每天每时都在我们的身边发生，写都写不过来呢。

漂亮女人

我结婚后，一直没房子住。今天到这儿租房子，明天到那儿租房子。总之，只要是人家房东不让住的时候，要么识相些，快快地多给房东加银子，要么就是房东家里的人确实要急着用房子才赶我们走的。媳妇总说我没能耐。没能耐就没能耐吧。我也没把媳妇的话往心里放。我会主动出击，想找到尽可能房租少一些的房子。

还别说，真让我找到了。我家虽说是搬到了花钱比较少的一幢楼房，可没想到的是又遇到了新的麻烦。麻烦就出在楼上的那对小夫妻身上。那对小夫妻是在我们搬来不久后才来的。他们刚搬来时，那个漂亮的女的一下子就把楼上所有男人的目光都给吸引住了——身材就身材，脸蛋就脸蛋，看哪儿哪儿好。是那种让人看一眼还想再看一眼的女人。硬挑她的毛病，也不是没有。她不爱说话。跟谁都不说话。

　　我媳妇说："这个女人没准是个哑巴。"

　　我说："她那么漂亮，咋会是哑巴呢？"

　　媳妇一听我说那个女的漂亮，一下子就不依不饶翻了脸。她说："看她漂亮，你去跟她过去吧。没良心的大色狼。"

　　我才不管媳妇骂我色狼不色狼，我对这个漂亮的女人是不是哑巴产生了浓厚的兴趣。为了试探一下，有一回我在路上碰到她时，故意问她："你能听到我说话的声音吗？"

　　她冲我点头笑一笑。我刚想再问下一句，她早扭着柳腰走远了。能听见别人说话，看来她不是个哑巴。我心里好快活。要说她哑不哑巴的和我一点关系也没有。可谁让她是个漂亮的女人来着？我对她也没什么坏心思，只是老想着能在路上碰到她时，和她说说话什么的。不然我可就太冤枉了。为了她，媳妇都骂我大色狼了。可无论我多想和她说话，再见了她时，她总是不理睬我。她不光不理睬我一个人，这个楼上所有的人她都不理睬。这可真是件怪事。她为什么就是不开口说话呢？

　　我们住的这幢楼已很陈旧了。楼上住的人家也大都是临时在这租赁房子的，所以，大伙平时不串门的。也不大有闲心打探别人家的隐私。尽管如此，大伙还是对这位漂亮的女人很是关注。因为她不光漂亮，还有些神秘。不光神秘，还有些让人感到奇怪。特别让人不理解的是，她的丈夫又矮又黑，奇丑无比。就是这样的一个丑陋的丈夫，竟时常对她指手画脚，甚至凶神恶煞大声吼叫。我们住在楼上的几户人家，有时听不下去时，偶尔也去劝架。媳妇当然不愿意让我去劝架。可一听到别人家的门响后，她觉得不让我去有些显得太小家子气。到了她家，经常看到这个漂亮的女人有时柳眉倒竖。她如果正在喝水，会把一个茶杯扔向丈夫。如果正在梳头，会把梳子扔向丈夫。有时丈夫被砸得血头血脸。但她也有让人可怜的时候，如果是正在看电视，她不会扔电视的。她只能默默地流泪。无助的样子让人揪心。大伙在心里很同情她，很想指责她的丈夫，可一见她丈夫铁青着脸，像是谁敢多说一句话，非过来咬谁一口不可。我们敢怒不敢言，只好说几句无关痛痒的话，然后各自回家，该干什么干什么。有时，受好奇心的驱使，我们劝完架后，问她的丈夫："你娶这么个漂亮媳妇，是八辈子修来的福气。咋还忍心和她吵架？"

她丈夫可能天生是个闷葫芦。无论我们说什么，他都懒得跟我们说话。如果问急了，他就会一脸的不耐烦，冲着我们几个劝架的没好气地说："福气？你也娶一个她这样的媳妇回家试试，看是不是福气。"我们几个人劝完架回来，会大发感叹："一朵鲜花插在牛粪上。"

可是，还没等我们发完感叹，就看见他们小两口又恩恩爱爱下楼散步去了。有时是她丈夫搂着她的腰。有时是把手绕在她白瓷一样的脖颈儿上。看他们甜蜜的样子，我们几个常去劝架的男人差点没把鼻子气歪。媳妇在一边幸灾乐祸，问我："看到了吧？天上下雨地上流，小两口打架不记仇。以后少管人家的事。"

打那以后，他们小两口再吵架时，我们几个男同志也就不像原来那样忙着去劝架了。就在大伙都习惯了他们俩的吵吵闹闹时，忽然发现她走路的姿势不太受看了。她以往水灵灵的脸庞，也有些苍白。她常在楼梯上弯着腰呕吐。吐完，就跑到大街上去买一些山楂橘子什么的。有时来不及拿回家，就在大马路上吃得津津有味。住在楼上的几个女人都说：她这是怀孕了。我们几个男同志心里都为她高兴。以为这下好了，小两口总算是能消停几天了。有了身孕是件可喜可贺的事情。她的丈夫总会让她三分了。万万没想到的是，随着她的肚子一天一天地鼓得厉害，小两口吵架的次数也越来越频繁。有一天，就在楼前的小花坛边儿上，她正在往嘴里送吃的，就看到她丈夫气呼呼地指着她的鼻子，怒发冲冠："打掉！我拼上命也要让你打掉肚子里的孩子！"这"精彩"的一幕被楼上的好多人看到了。于是，大伙又得出一个结论：这个漂亮的女人很可能是个二奶。天下哪有不想要自己亲生骨肉的男人？她丈夫很可能是怕她一旦把孩子生下来，就会有无穷无尽的麻烦。但这种猜测很快不攻自破。那天小区里的管理人员领着公安局的人来挨家看身份证。也许是小区里的人早就把这两人的事和公安局反映过。看完身份证，又要看他俩有没有结婚证。这一看才知道是真夫妻。

大伙又得出一个结论：这个女的一定是怀了别人的孩子。怪不得他们吵闹不休。于是，这样一想，大伙都不再对这个漂亮的女人有好感。有时听见她的哭声，大伙也无动于衷。再说这幢楼房的人家没有几家住长远的。不是今天你搬来了，就是明天他搬走了。几乎无人关注他们小夫妻吵架的事了。后来，单位里分了房子，我家也搬走了。没多久，我媳妇听原先住在一起的邻居说那个漂亮的女人生了个大胖小子。等到第二年，我媳妇有一次去菜场买菜，刚好又见到原先的邻居时，却听邻居说那个漂亮的女人死了。媳妇回家说给我时，我还不太相信。

我说："不就是人家长得漂亮一点吗？你们这几个长舌妇也不至于这样咒人家呀。"

媳妇这次没骂我色狼什么的。我还以为她又在故意逗我。我知道她一直在吃那个漂亮的女人的醋。虽然现在我们不在那个旧楼上住了，但只要平时我一不小心提起那个漂亮的女人，她就鼻子不是鼻子，脸不是脸的。有一次，她故意骗我，说："我今天在大街上见到你的梦中情人了。"

媳妇总是这样说，我纠正了好几次了，我说："你不要瞎讲，她不是我的梦中情人。真的不是。我心里就只装着你一个情人。"我越申辩，媳妇就越是喜欢说那个漂亮女人是我的梦中情人。真拿媳妇没办法。我知道媳妇对我以前老夸那个女人长得漂亮这件事一直耿耿于怀。所以每次我都不敢再多说什么。谁让女人天生小心眼呢。可是这次，我却实在忍不下去了。人家年轻轻的，不就是长得漂亮一点吗？再说了，就是她真的是有点生活不检点，真的像大伙猜测的那样，也不能张口就这样说人家呀。我越想越生气，对着媳妇说："做人要厚道。你懂不懂？"

媳妇这次没和我急。她让我好地的坐下来，说要好好地讲一讲这个漂亮女人的事。我问媳妇："你不是一直不喜欢人家吗？还这么爱讲人家的事干什么？"

媳妇委屈地说："那还不是因为太在乎你了才吃她的醋呀？"

我一听，媳妇说得也在理。有时候，也许能让媳妇偶尔吃一回醋，未必不是件坏事。我对媳妇说："我说不过你。你说人家死了，是不是她丈夫等她生下孩子后，怀疑孩子不是他的，一气之下就把她杀了？"

媳妇说："不对不对，你再猜。"

我说："那就是她想偷着和别的男人私奔，后来又舍不得离开孩子，就改变了主意，她的相好气昏了头，把她给杀了。"

媳妇把头摇得像拨浪鼓。说："瞧你们男人这点出息。有时还不如我们女人心肠好呢。动不动就往歪里想。她不是被人杀死的。你听我慢慢给你说。"

原来，事情根本不是大伙先前猜测的那样。这个漂亮的女人虽然耳朵好使唤，但不能开口说话。好在她会写字。平时用笔和丈夫说话。本来他们是一对很恩爱的小夫妻，自打她有了身孕后，小两口的战争到了白热化的程度。因为她在怀孕的同时，检查出来她患了皮肤癌。医生让她马上做化疗和放疗。她为了保住肚子里的孩子，坚持不做任何治疗。丈夫为保住她的生命，非要她打掉孩子。她说你要是想杀死我们的孩子，还不如先把我杀死好了。过了没多久，她的身上就有了肿块，只好再次去医院。医生说必须马上接受治疗，不然就会错过最佳治疗时间。她的丈夫吓坏了。天天跟她吵架。催她打掉肚子里的孩子。她却固执得吓人。她说能把孩子顺利生下来是她最大的快乐。丈夫拗不过她，幸好孩子生下来，一点毛病也没有。可等她再到医院治疗时，癌细胞已扩散到全身。在孩子五个月的时候，这位漂亮的女人离开了她的孩子。离开了，就再也回不来了。

爱的呓语

三墩和玉玉好上了。两人好得邪乎。有时候，跟前没有外人的时候，三墩就喊，玉玉！玉玉！

玉玉说，破三墩，有事说事，你喊什么喊？

三墩说，没事，就是喜欢喊你。我一喊玉玉，就像嘴里含上块糖一样甜得要死要活的。

就这么，两人把恋爱谈得比蜜都甜，直到两人好得谁也离不开谁，就把婚期定在下个月。那段日子，两人忙着去城里跑家具城，定做新婚时要穿的衣服。

三墩家的房子是早就翻盖好的，就等着玉玉来住了。玉玉的父母来看过房子后，提了一个要求，说，盖新房用的石灰不行，嫌房子的墙壁泥得不平整。

三墩仔细看，也发现墙壁上有密密麻麻的白色小泡泡。三墩的父母不想再去花钱买石灰，就说又不是旧房，什么平整不平整？

玉玉的父母也不是吃素的，说还是再重新泥一遍吧，女儿都白白送给你们了，图稀的就是孩子们以后过日子平平安安。

为墙壁的事，两家闹得有点不愉快。结果到了婚期，也没结成婚。三墩急得不行，他觉得自己的父母不容易，光是为盖房就欠了很多的债，实在不好再开口说别的。玉玉也想劝劝父母，意思是将就着把婚结了吧。但这样的话，她一个女孩子哪说得出口？她怕父母说她急着想嫁人，本来父母就她这么一个女儿，一直舍不得她往外嫁的。父母是看她真心喜欢三墩才同意她早早嫁人的。

玉玉的父母这么跟玉玉说，买一点子石灰也花不了仨瓜俩枣的钱，买得起马，还置不起鞍？没见过这么小气的人家。

这事就这么拖着，两家的父母谁也不肯松口。僵到后来，就不只是泥不泥墙的事了，好像是谁先服了软，谁就丢了面子一样。乡下人，最看重的就是一文不值的面子了。

三墩没把玉玉娶到家，急得吃不好睡不好。玉玉也急，但她的急不是挂在脸上的。她是心里急。

到底是女孩子家心细，她悄悄和三墩商量，说，这件事只有靠我们自己了。

三墩说，我也没辙。

玉玉说你没辙你没辙去。玉玉说完掉头就想走。这下三墩真急了，说小姑奶奶！我都急得嘴上起泡了，不信，你看看，好几天了，嘴唇一直肿得老高。

三墩就皱着眉头想办法，玉玉也皱着眉头想办法。两人为了能早一天走到一起过日子，同时想到了一个地方，那个地方挣钱是挣钱，就是不太安全。是三墩先说了那个地方，玉玉说，我也想到了那个地方，我和你一起去。

两人在那一瞬间都有些激动。他是为娶她才去的，她很感动。她也是为嫁他才去的，他也很感动。他们真就去了那个地方，那个地方是个采石场，离村子不远，就在一个不大的山坡下头。采一天石头，就给一天的工钱。而且采石的头儿说了，说想来干活的人太多，实在用不了这么多的人，先说好了，真要想在这里干，出了伤胳膊伤腿的事，只好自认倒霉。谈妥了条件，人家只让三墩留下，人家说采石场不是绣花房，只要男的不要女的。玉玉不死心，说我在这里给干活儿的人烧水做饭，行不？人家说我们这不管饭，也不烧水。谁渴了，就到山泉子里喝泉水。采石场的头儿说着话，就拿眼一下一下地往玉玉身上瞟。玉玉还想磨着不走，三墩沉了脸。三墩说，玉玉，你再不走，我可就不在这干活儿了。新房的墙也就不能再泥一遍了。

玉玉走后，三墩就和来采石的人一块去了山上。采石的活儿自然是累人。还很少让人歇息。隔三岔五有人被哑炮伤了眼，或是伤了脸，但从没见干活儿的人少过，这个不能干了，下一个早接上手了，就像早就有好些的人在那里排着队等着似的。那天，采石场的人说，这几天来要货的人多，大伙紧把手。谁知这一紧，差点让三墩把命给紧丢了。

那天，大伙干了一上午，管事的人还不让歇息，到了下午，直干到太阳快要落山时，才允许大伙坐下喘口气。大伙也是真累了，放下家什在山脚歇息。这时候，谁也不会想到一块有磨盘大的石头正在从山上往下滚。当时，三墩正在看一本小人书，听到别人喊他，才发现滚石头的事，他还没来得及躲开，眼看石头就从山上滚下来了。说时迟，那时快，旁边一个叫李涛的小伙子猛地扑过来，用自己的身体压在了三墩的身上。就这么，三墩得救了，李涛却被滚下来的石头压残了腰。李涛是个孤儿，和三墩同一个村子。他住院后，三墩和玉玉没白没黑地守在李涛的病床前。三墩又到亲戚家借了钱，可是没几天就全花完了。玉玉怕三墩着急，也悄悄把家里准备用来给她置办嫁妆的钱全拿出来为李涛治腰。可是，住在医院里，钱就像是拧开水龙头的自来水一样，哗哗地淌不了几天，又全没了。玉玉又想再去跑亲朋好友，看看能不能借到钱，这时候，一位好心的医生对三墩和玉玉说，李涛的腰是没希望治好了，他就是在医院里住一辈子也没有希望了。他恐怕要终生离不开双拐了。

李涛出院后，情绪很不稳定。村子里的乡亲这个给他送来鸡蛋，那个给他煮排骨汤喝。李涛知道大伙的日子都过得窄窄巴巴的，说什么也不让乡亲们再给他送吃的了。不管是谁送的东西，他一律不睁眼看。就是劝下大天来，他也不再吃乡亲们送来的饭菜。

大伙对李涛说，你不吃饭，可就没法养伤了。人是铁饭是钢，一顿不吃饿的得慌。

李涛不管别人说什么，他就是不肯再吃大伙送来的饭菜了。这让村子里的乡亲们很是心疼。

他们出了李涛的家门，说，涛儿这孩子命苦，打小死了爹娘，没人疼没人爱的，这往后的日子可咋往下过呀？这孩子不吃不喝，看来是心凉了。过日子，就怕心凉。

一些上了岁数的大婶大娘，一边劝说李涛多吃点东西，一边悄悄抹眼泪。她们当着玉玉的面，说：唉，老鼠单咬病鸭子，这事要摊在别人身上，还有人管有人疼的，咋偏偏让李涛摊上呢？不吃不喝的，这孩子没有活头儿了。

玉玉听着大伙的议论，心里也像是有块石头坠着，她当真替李涛发起愁来。一个生活不能自理的男人，无兄无妹的，往后的日子咋过呢？

那天，玉玉把李涛床上的单子和枕巾洗完后，坐在床边儿，陪李涛说话。她问李涛，你也是的，光顾救三墩了，那么大的石头滚下来，你就不怕被砸死？

李涛说，当时，一门心思光顾救三墩了，心里想，我要是不扑上去，石头一准会从三墩的身上压过去，三墩就没命了。等事后想想，是有些后怕。其实，我平时的胆子小得可怜，逢年过节，我连只鸡都不敢杀。

那一天，玉玉一直陪李涛说这说那的。玉玉虽和李涛一个村子里住着，还从没见李涛说过这么多的话。玉玉是个悟性很好的女孩子，她发现李涛再不高兴，也不和她在脸上表现出来。只要玉玉守着他，他就高兴得像个小孩子，他那失神的眼里也会泛起光彩。

玉玉一连几天不去找三墩说话了。玉玉也不大和父母说话，玉玉只和她自己说话，一说就是大半天，别人喊她，她也听不见。有时，正吃着饭，就忘了用筷子去夹碗里的菜。玉玉有了心事，心事一天比一天重。那天，她去找三墩，她说，三墩，我要做件对不住你的事了。你不要记恨我啊。

三墩说，玉玉啊，我什么时候记恨过你啊？我喜欢你还来不及呢，是不是这些天，咱俩光顾忙李涛的事，你有些生我的气了啊？

玉玉说，不是啊。三墩，我们分手吧。李涛现在跟谁都不大说话了，我们不能扔下他不管啊。

三墩说，玉玉啊，你把我说糊涂了啊。

玉玉说，没有李涛舍命相救，你恐怕早就没命了。我寻思着，你好胳膊好腿的，再找个媳妇成个家不是难事，可是李涛要是再没人管，他这个人就算完了……

三墩说，玉玉啊，我明白你的心思了，你是要救李涛，就像当时李涛舍命救我一样，对不？

玉玉不说话，只是朝三墩点点头，点头的时候，满脸的泪珠子。

三墩说，玉玉啊，话说到这份儿上，我要再拦你，我还是个男人吗？

玉玉没想到的是，就在她找三墩商量分手的第二天，他就卷好行李卷子，一个人悄悄去外地打工去了。走之前的头天晚上，三墩来到玉玉家，找来扁担和水桶，一口气给玉玉家的水瓮里挑满了水，又把玉玉家的天井打扫得干干净净。把扔在天井里的锄头镰刀什么的，重新找来，放在磨刀石上，让玉玉端来一盆清水，然后就开始专心致志地磨那些干农活的家什儿。嚓嚓嚓，嚓嚓嚓，那声音伴着院落里一片片在秋风中袅袅飘舞的枯黄树叶，塞满了玉玉家的每一个角落。磨到后来，三墩就脱了上衣，赤膊上阵，他的脸上和胸膛上的汗水一滴一滴地滑落在磨刀石上，盆里的水倒成了摆设，也排不上用场了。干完这一切，玉玉想进屋找毛巾，好让三墩好好地洗一洗，可是，等她进屋找来香皂，再到院落里，发现早没了三墩的人影儿了……

再后来的事，也没有多少可说道的了。开始，李涛死活不同意玉玉嫁给他。他说不能毁了玉玉的一生。玉玉说，你为三墩，不也毁了你的一生吗？

到底李涛是说不过玉玉的。玉玉天天来陪他说话，给他洗洗浆浆的，他对玉玉也有了依赖。这依赖让他对玉玉的话言听计从。最后，他还是娶了玉玉。

玉玉嫁过来后，把家收拾得利利索索。房子里虽没有多少家具，可是玉玉靠了心灵手巧，又是养鸡又是养鸭的，家里家外，也不比那些有壮劳力的人差到哪里。李涛还会一手编筐的好手艺，一天到晚编个不停。手都磨破了，玉玉嫌他太累，不让他编筐了，可他死活不听劝，每天就知道拼命编筐。有时候血顺着刚编好的筐往下淌。从山外来收筐的人看李涛可怜，每次都是先收完他的筐，然后才去收别人编的筐。有时候，李涛编的筐多，来收筐的人就只收他一家的。

李涛把编筐挣来的钱一分不少交到玉玉手上，但他始终不给玉玉一个笑模样。玉玉知道李涛心里不好受，因为隔上一些日子，她就会收到三墩打外地寄来的钱。汇单上的附言里，总是写着一句相同的话：吃好穿好，照顾好涛弟，别太难为了自己。李涛的意思是，让玉玉把三墩汇来的钱退回去，但三墩隔几天寄一次钱，那地址也是换了又换的。李涛说，那好办，把钱转交给三墩的父母。可是，玉玉一去三墩家送钱，三墩的父母就吓得不敢收，说三墩捎信儿来了，说千万不让我们要你送来的钱。他说自己的命都是涛儿替他拴回来的呢。这几个钱，我们怎么好意思要？

玉玉无奈，心想，也不送来送去的了，反正不花三墩寄来的钱就是了。都给三墩存着吧，等哪天三墩找上了媳妇，就要急等着用钱了，到那时再全给他。这样过了有好几年，玉玉和李涛总是为三墩的钱隔三岔五闹点小别扭，可三墩不知道这些，一年四季，风雨无阻地往玉玉和李涛的家里寄钱。

李涛做梦也没想到他会患上不治之症。玉玉把家里能换钱的东西都换成了钱。但就是不肯动三墩寄来的钱。玉玉有时为了交住院的押金，竟悄悄去卖血。

李涛知道后，心如刀绞，他说，玉玉啊，你不要再折腾自己了。我明白自己的病，已是回天无力。他在床上给玉玉磕头，求她不要再给他治了。玉玉不听，玉玉说，就冲你当年舍命救三墩的分儿上，我也要给你治病。

李涛只好答应让玉玉先花以前三墩寄来的钱。他是真怕玉玉再去卖血了。

玉玉和李涛都没想到三墩会忽然从外面回来了。他到医院看李涛。并给玉玉留下了一大笔钱。玉玉说什么也不要。

三墩急了，对玉玉说，这是我在外面打工几年才挣下的，当年李涛能舍命救我，我为什么就不能用打工挣来的钱为李涛治病？

玉玉当时接钱的时候，眼里就流下了泪。她哽咽着对三墩说，你和李涛，都是我这一生最敬重的男人。

三个人说了一会子话，就到了吃午饭的时候了。玉玉留三墩在医院吃。三墩不肯。李涛对三墩说，我有话对你说。

就在玉玉出去上医院食堂打饭的时候，骨瘦如柴的李涛已被病魔折磨的没了人样子了。他现在连说话也很费力气了。他断断续续地对三墩说，三墩哥，这几年我和玉玉为你寄钱的事，没少闹别扭。你知道，男人都这熊样儿，死要面子活受罪。现在，我也是快要死的人了，哪能再有脸花你的钱呢。我有一件事一直瞒着你。这件事在我心里压了好几年了。你不会怪我吧？

三墩说，你救过我的命，我谢你还来不及。

李涛费力地摇了一下头，然后向三墩讲了事情的真相。原来，他当时因为暗恋玉玉，恨不得想个法子把三墩弄死。但三墩和玉玉都不知他在暗恋玉玉。他当初并不是真心救三墩，那天他一看从山上滚下来的石头，第一个念头就是不想让三墩躲开，他要和三墩同归于尽，一起命丧黄泉。谁让他打心里暗暗喜欢玉玉呢？他暗恋玉玉的痛苦，不能和任何人讲。这种痛苦像一把看不见的刀子一样，天天在他的心里搅来搅去的。他当时心里只有一个念头，我得不到玉玉，你也别想得到。咱俩一块儿玩完。讲到这里，李涛断断续续地对三墩说，就我这样的人……哪还有脸配要你的钱……

三墩没等李涛说完，就抢着打断李涛，他实在不好意思再听李涛讲下去了。原来，他也并不是像李涛想得这么好。他并不是真心为了给李涛治病。这几年他一直没在外面找对象，因为他的心里一直忘不了玉玉，那几个去山里收筐的人也是三墩出的钱。三墩知道李涛打小体质弱，就特意叮嘱收筐的人每次去都要把李涛编的筐全收走。三墩心里只有一个念头，就是想把李涛的身体累垮。他在城里一连在几个地方同时打工，起早贪黑，不要命地挣钱，就是为了不停地捎钱回来，就是想让李涛心里不痛快。他知道李涛平时是个很要强的人。他这次回来，也是想通过出钱为李涛治病，来感动玉玉将来和他在一起过日子……

三墩说不下去了，三墩握着李涛的手，说，兄弟啊，我也不是个好人啊……

望着在死亡边缘痛苦挣扎的李涛，三墩眼里流着泪，再也说不下去了。

邂逅酒楼

那个男人是要去见一个叫丽丽的女人。

男人是瘦的。脸上的表情是憔悴的。他穿着一件半新不旧的棉上衣，颜色像古铜色，又像烤烟色。男人一直往前走。街上飘起了雪花，雪花是美的，风起了嫉妒之心，要来扎那些洁白的雪花。雪花精灵一样飞得满天都是，风就拿路上的行人出气，钢针样一下一下往行人的脸上插。男人的脸也被插疼了。男人缩了一下身体，继续往前走。他对丽丽的迷恋到了不可救药的地步。可丽丽并不像是很喜欢他的样子。男人来到了一个酒楼。连着三天，他都到这个酒楼来找丽丽。当他走到酒楼的吧台前，坐台小姐一眼认出了他。

坐台小姐笑靥如花。

"你是来找丽丽的吧？"坐台小姐问他。

"是。她在吗？"

"在。你跟我来吧。"

坐台小姐径直领他到一间典雅别致的包房。房间里格外暖和。暖和得让他有点不太适应。刚脱下来的半新不旧的棉上衣被坐台小姐轻轻挂在门后的衣架上。不知何时，坐台小姐手上捧了一个红木雕花托盘，托盘里是一杯热腾腾的绿茶。袅袅的茶香和杯子里冒出的热气使房间弥漫着幽渺的氤氲。

坐台小姐脸上始终是职业性的微笑。撩人但不明媚；恰到好处却又透着欲擒故纵。

他朝坐台小姐挥挥手，"去把她叫来吧。"

"你当真喜欢丽丽？丽丽可真有福气。"

坐台小姐脸上的笑绢花样永不凋谢。

他垂下头，不好意思再看坐台小姐。

他怕伤了这位坐台小姐的心。

他伤害了好多人。尤其是女人。他现在有些怕女人。任何一个女人，不管是丑陋的漂亮的年轻的上岁数的，只要是女人，他就不敢抬起头好好地仔细打量。他年轻时不这样，那时他没有不敢看的女人。只要是喜欢的，就要想法弄到手。把女人弄到手，对他来说，是件驾轻就熟的小事情。只要是他想要哪个女人，便如同囊中取物。也许是物极必反，当年那种对女人的霸气如同东去的江水，一旦汇入大海，便永远消失了。

坐台小姐轻轻叹口气。

也许只是他的幻想。也许坐台小姐根本并未在意这些。他最近总是很敏感，对秋天起风敏感，对树叶飘落敏感，对烟囱里冒出来的袅袅烟雾敏感。他以为这些敏感很可能是因为他一天比一天衰老的原因。他年轻时只对女人敏感。他有很长时间不再对女人敏感了。可是他现在管不住自己，他总是把丽丽放在心里，想搁也搁不下。这让他非常痛苦，但也让他品尝到了苦中有甜的滋味。看来人的一生也是四季分明的。他的人生也到了冬季，丽丽就是从天上飘然而下的一朵洁白的小雪花，他不想再让任何人来伤害丽丽了，他要尽自己所能来保护丽丽，这样的想法在他的心里一天比一天强大。想法是个很奇怪的东西，人一旦萌生了想法，无论如何那想法都要生长，想要扼杀是根本不可能的。越是想扼杀，那想法越是蓬蓬勃勃郁郁葱葱，以迅雷不及掩耳之势生长成一棵参天大树……

坐台小姐转身离去的刹那间，他终于如释重负长长叹口气。他是那样紧张地把注意力放在门外。他悄悄打开房门，悄悄把头探出去，他甚至听到了自己紧张的怦怦心跳声。坐台小姐的步子落在猩红地毯上，蜻蜓点水般婀娜多姿。从相邻的包房里传来猜拳行令的吆喝声，间或掺杂着田震的歌："山上的野花为谁开又为谁败，静静地等待是否能有人采摘。你就像那花一样在等他到来……"

他喜欢田震。

田震的歌总是带有那么一种若有若无的淡淡忧伤。

他常被这种淡淡忧伤所打动。

坐台小姐领来了穿紫色旗袍的丽丽。旗袍的领口和袖口那儿滚着一道做工精细的象牙色布边儿，有一种古色古香的韵味。等丽丽走进包厢，他一时竟不知该说些什么才好。

坐台小姐轻轻掩上房门，悄无声息地退了出去。

他又一次听到自己怦怦的心跳声。那声音越来越响，像鼓声一样充斥在他的身体里，他几次想把这种怦怦响声驱逐得远远的，可是他一看到丽丽笑靥如花的青春脸庞，鼓声会再次在他的身体的每个角落响起，怦怦怦，如夏日里的雨点一样稠密。

他把菜单递给丽丽，让她随意点。

丽丽接过菜单，冲他莞尔一笑。

尽管她正处在花一样的年龄，但是，当她近距离地坐在他的对面时，他的心隐隐作痛，那怦怦的鼓声也很快消失殆尽。他看得清清楚楚，丽丽的笑无法遮掩一脸的疲倦和睡眠不足带来的憔悴。

丽丽点上一支烟，边吸边专注地在菜单上勾勾画画。

上午的阳光从窗外水一样泻进来。一直照在丽丽那双纤细的小手上。十指如葳蕤的水草在他脸前舒展自如。指甲上涂着银色的指甲油，亮闪闪的，像一弯弯明亮的小月牙儿。

他说："我连着来了两天了，你都不在。把我急坏了。我还以为你再也不来酒楼上班了呢。"

丽丽说："我回乡下去了。母亲病故。几年前父亲死于车祸。田里的活儿苦，做不来。能上哪儿去呢？只好还来做陪酒小姐。"

丽丽开始大口大口地吸烟。像是一口要把手里的烟全吸到肚子里去。

他静静地看着丽丽。她吸烟的姿势比电视上的那些漂亮女人还要妩媚动人。在他眼里，世上没有一个女人能和丽丽的容貌相提并论。

他对这张美丽的脸庞百看不厌。

丽丽并不理会他的目光。

"为什么不离开这里？非要当一个陪酒小姐呢？难道世上就再没别的职业让你喜欢了吗？"

丽丽仍大口大口地吸烟。然后不置可否地冲他笑笑。

"海阔任鱼跃，天高任鸟飞。你还年轻，又长得这么漂亮，是该出去闯一闯了。"

丽丽仍大口大口地吸烟。她好像只对手中的烟情有独钟。也许她根本就没听进去他刚才说过的话。

丽丽好像对整个世界都麻木了。

点完菜，丽丽把菜单递给他时，他发现了她腕上的手镯。

"你的手镯真好看，玉的吧？"

"假的。我们酒楼大厅里就卖玉的。两千多元钱呢。"

"想要吗？"

"鬼才不想要。货真价实的翡翠玉镯。"

于是，他向玉玉谈了很多有关玉的知识。他说其实翡翠玉也叫缅甸玉。这种玉硬度高，光洁明亮，颜色也大多鲜亮有润泽，根据颜色的不同，有好几十个等级。最常见的有红、白、绿、紫、黑、黄等颜色。在我国的清末民初缅甸玉曾风行一时。清朝内务府大臣荣禄的一只翠玉翎管，价值黄金13000两。20世纪30年代中期，北京翡翠大王铁玉亭有一副手镯，以40000银元卖给了上海的杜月笙。日本、新西兰还把翡翠作为本国的"国石"。由于翡翠玉产在紧邻中国的缅甸，且大部分成品在中国加工的特殊地缘关系，加之中国人对翡翠玉的特别偏爱，西方国家也普遍认为翡翠是中国的"国玉"。所以有人把这种玉叫什么翡翠玉，也有人称之谓缅甸玉……

他一谈到玉，便不再像刚才那样紧张了，竟有些滔滔不绝口若悬河的样子了，这倒让丽丽有些不耐烦。当他发现了丽丽脸上的不高兴时，便有些讨好地问丽丽："说说看，你最喜欢哪种颜色的玉镯？"

丽丽有一搭无一搭瞟了他一眼："喜欢不喜欢对我来说都没用处，一个陪人喝酒的小姐，是买不起你刚才说的那些玩意儿的。不过要真有人想给我买，也是件让人快乐的事情。我特别喜欢那种绿色的玉镯。"

他没说是不是给丽丽买，他只是仍饶有兴趣地向丽丽传授玉的知识："绿色的也有好多种绿呢，像秧苗绿、菠菜绿、深翡色还有浅翡色……"

丽丽仍像刚才那样大口大口地吸烟。她还调皮地在他脸前吐烟圈儿。她吐的烟圈很好看。他被她吐烟圈的样子逗得直想笑。

他对丽丽说："你到下边大厅的玉器柜台前看看，看看有没有我说的这几种绿，当然不能光图稀颜色好看，最好是要缅甸玉的镯子。"

丽丽停下了吐烟圈的动作。她有些不太相信他刚才说过的话，她还下意识地快速瞟了一眼门旁衣架上的那件半新不旧的棉衣。但她还是犹豫着起身走了出去，因为她太渴望自己的手腕上能戴上一只纯玉的手镯了。包厢里只有他一个人的时候，他长长吁口气。其实他很想和丽丽说说他的从前。但丽丽却一句也没有问他从前的事。他以为丽丽会问他为什么对玉那么有研究，他甚至还想不等丽丽问，他主动说一下为什么会对玉多多少少懂一些的原因。可是，他分明从丽丽的表情看出来了。丽丽并不关心他是不是对玉有研究。丽丽只对是不是送她玉镯感兴趣。

他一个人坐在那里发了一会儿的愣，思绪像一匹脱缰的野马，驰骋在回忆的辽阔草原。说起来，他以前对玉并不感兴趣。他的父母在他很小的时候就都双双病故。他是跟着远房亲戚长大的。在他高中毕业的时候，下乡当了知青。那时候和他一起下乡的几个小伙子，有的考上了大学，有的通过走门子找关系，也早早地像鸟儿归巢一样，飞回了城里。那段日子，他心情坏极了。他甚至想过自杀。他没想到的是，在他感到前途一片黑暗时，有一双美丽的大眼睛正在悄悄地关注着他。那是一个极有灵性的乡下姑娘。她有着一双夺人魂魄的大眼睛。他在田里锄草时，那双眼睛在脉脉含情地望着他。他在田间地头闷闷不乐时，那双大眼睛仍在用温情的目光抚摸着他。当他感受到这种抚摸时，他一下子暂时忘掉了所有的烦恼。他和那位美丽的姑娘在一个夏季的午后，当村子里的人们在家吃完午饭打盹儿时，在荒无人烟的山坡上，他和她竟情不自禁偷尝禁果……他和她度过了一段甜蜜的日子。那段欢乐的日子稍纵即逝。不能飞回城里去的烦躁又一次像秋风扫落叶一样席卷了他。姑娘看出了他的烦恼，说："我看出来了，俺们这小山村穷山恶水没啥留恋的。你还是想法回城吧。"

　　他沮丧地摇摇头，他没那个能力，但他又无法和她说得清。他没想到的是，姑娘从怀里掏出了一个绿色的玉碗。她对他说："这是俺家的传家宝。都传了好几辈子了。俺把它偷出来，你拿去打点关系吧。只要你能有个好前程，俺就是把命搭上都认了。你不用怕，俺不图稀你回报，也不会缠住你不放。"那一刻他好像有些被姑娘纯真的爱感动了。他嘴里说不要不要，可他的手还是不由自主接过了那只散发着美丽润泽光芒的玉碗……

　　不知是不是那只玉碗带给他的好运，在他收下这只碗的第三天，也就是说他还没来得及想如何用玉碗去打点关系时，他却被告知各地的知青点一律撤销。所有知青人员全部大返城。他曾信誓旦旦回城后有了安身之地，就来接姑娘一起进城。可他走后，却一直再也没来看过姑娘一眼。他分到一家街道小工厂。没几年的工夫，小工厂就垮了。他在万般无奈的时候，想起了那只锁在箱子里的玉碗。那以后的事起起伏伏的也没多少可回忆的了，总之，他就是因了那只玉碗才天天往这座城里仅有的一家图书馆跑，他查阅了大量有关玉的知识后，得知这只玉碗价格不菲。后来他卖掉了这只玉碗，然后去做生意。他天生就不是个做生意的人，时赔时赚的。但大都是赔多赚少。做生意期间，别人骗过他，他也骗过别人，后来还蹲过几年监狱。从监狱出来后，他就变成了一个赤裸裸的穷人……这期间，他也多多少少得知了一些当年那个远在千里之外的乡下姑娘的情况，有人说她嫁到一个更穷的村子里去了，也有人说她早就病死了。这些年来，他一直害怕那个姑娘会找上门来，所以他在打探这些消息时，也是断断续续藏头缩尾的，他不敢抛头露面实话实说……

丽丽回来了。丽丽的表情简直和刚才判若两人。

"哇！还真让你说对了，是有缅甸玉的手镯。这下你该给我买了吧？"

"拿去吧。现在你就可以去大厅买你喜欢的缅甸玉手镯了。卡上余下的钱也全归你了。"

他送给丽丽一张卡。

接过卡，丽丽愣在那儿。一时不知该用怎样的微笑、媚态和秋波来回应他的出手阔绰。

他朝丽丽挥挥手。

丽丽刚要走，他说："等一下。"

丽丽扭过头，不解地看着他。

愕然霜一样结满丽丽的脸颊。

"反悔了吧？"丽丽用不屑的口吻问他。

他没说话。匆匆从上衣口袋里掏出一张纸，然后唰唰写了一行字。把纸折叠好，小心翼翼地放在丽丽的手上，"没人的时候再看，千万不要让别人瞧见。"

丽丽马上明白是怎么一回事了。

丽丽只是出于礼节装作对纸条儿有兴趣。其实她只对卡有兴趣。

丽丽走在有地毯的走廊里。她找了半天，四下里竟没有一个可丢弃废纸的废纸篓。她经常碰到这样的事情。先是陪客人天天喝酒，喝上几天，客人就会答应给她买这买那。然后就会给她写纸条儿。当然也有不写纸条的。直接就问她愿不愿意陪他过夜什么的。她已积累了丰富的应对经验。比如，如何以最少的损失换取最大的利益。再比如，如何又讨客人欢心，又不让老板知道她得了好处。所以，她现在最怕让酒楼的小姐妹或酒楼老板看到手里的纸条儿。她没来得及看纸条儿，因为不用看她也知道纸条里的内容。无非是鸿雁传情的把戏。约她出来在什么地方见面。和她玩这种把戏的人不算多也不算少。她已经懒得看了。她很着急。因为她穿的是旗袍，没有口袋来装她和客人的小秘密。丽丽急中胜智，来到走廊里的窗子跟前，顺手推开了密封很好的窗子，她的手在空中优美地扬了一下，那张纸条儿就像一只展翅高飞的白蝴蝶，在空中飘呀飘，不知飘向了何方。丽丽长长吁口气。然后关上窗子。

丽丽在去大厅买玉镯的路上已想好一会儿回到房间时，该如何和那个看上去又老又傻的男人周旋。

他坐在包房里等丽丽回来。

他的情绪有些激动。脸上洋溢着幸福的光彩。竟有些不能自制地在房间里走来走去。

天空中不再有雪花飞舞。不知何时太阳穿破了云层，露出了笑脸。阳光从窗外泻进来，照耀着他。

忽然，他摇晃了一下，便倒在了地上。

他再也没有起来。

他死于心肌梗塞。

卡上的钱是他卖自己的肾挣来的。

是一笔非常可观的数目。

现在那张卡成了废卡。

没人知道，刚才那位叫丽丽的陪酒小姐是他和当年那位乡下姑娘的私生女儿。

新来的小保姆

徐晴的丈夫有了外遇！当小保姆玉玉亲口把这个消息告诉徐晴时，她竟有些不太相信。

"此话当真？你可别瞎编。"徐晴这么问玉玉的时候，泪水像一粒粒珍珠，无所顾忌地从她的眼睛里滑落下来。玉玉绝没想到女主人徐晴会对丈夫有外遇这件事情如此的悲伤。

"难道我瞎编这样的消息？难道对我有什么好处不成？"委屈像夏日里一朵朵攀附在青藤上的喇叭花，在玉玉的脸颊上绽放。

丈夫有外遇，说到底还是从那天早上丢失了一件东西后才暴露出来的。

那天早上，徐晴起床后，满屋子里转来转去。她在找一样东西。她以为马上就会找到的。可是她找了很长的时间也没找到。丈夫明浩和小保姆玉玉都吃完早餐了，她却还在不停地找来找去。她把屋子里的每一个角落都仔仔细细找了一遍。她以为那件东西不可能丢失的。明浩几次喊她先过来吃早餐，说过一会儿饭就凉了。她应承着明浩，说就来。马上就来。可她还是没有坐到餐桌前。她越是想找到那样东西，越是连那件东西的影子也看不到。那件东西像是故意和她捉迷藏。她的心里开始往外冒小火星了。她看一下表，连发火的时间也没有了。那件东西也许在别人眼里并不重要，但对她来说，却另有一种不能轻易对人言说的重要。等到她发现无论如何找不到那件不想对别人说出口的东西时，早已到了上班的时间了。这时她才发现，明浩早就上班去了，玉玉也去菜市场买菜去了。也许是她刚才找东西时太投入的缘故，竟连他们出门时和她打过招呼这件事都记不清楚了。

徐晴没来得及等公交车，只好打出租车匆忙赶到公司。办公室主任正在楼上楼下地找她，说是让她去开会。她是这家公司的部门经理。每天都有忙不完的活儿，当然，公司发给她的薪水也很可观。她坐到公司会议室时，心里极不踏实。她甚至不敢抬起头来，迎接公司老板孟总向她投来的那抹关爱的目光。她下意识地拢了下绸缎一样好看的披肩发。她的头发极美，就像一面黑色的旗帜在她的身后飘呀飘。这是丈夫明浩这样形容她的头发的。公司老板孟总有一次悄悄形容她的头发像一帘蓬勃而又激情荡漾的瀑布。于是，她一直以自己有这样的头发而骄傲。可是今天不行，她最怕孟总看她的头发。她甚至怕公司的每一个人看她的头发。她在心里悄悄说：求你们不要看我的头发好不好？孟总在会上布置的工作计划，她一句也没听清楚。当孟总宣布散会时，徐晴长长吁口气。她来不及和任何人打招呼，急匆匆赶回自己的办公室，她急不可耐地重新把写字台的抽屉翻了一遍，没有她要找的东西。她又把随身带着的小羊皮包里的东西全倒了出来，还是没有她要找的东西。她原先还以为是不是自己把那件东西放在了羊皮包里，可能昨天在办公室里用过，或许下班时忘了带回家。这些日子她总是恍恍惚惚，丢三落四。一直在极度痛苦和极度快乐的边缘挣扎徘徊。现在，她在办公室这么仔细地找过一遍后，她敢肯定，那件东西她从没带到公司里来。也就是说，那件东西是在家里莫名其妙地丢失了。她正在琢磨那件东西为何会丢失时，办公桌上的电话铃响了。是孟总打来的，问她是不是有什么不顺心的事？徐晴说没有。孟总说刚才看你的样子怪怪的，是不是在家和明浩吵架了？有什么事一定要告诉我，不要见外。孟总还说，今晚公司有个联谊活动，问她是不是参加。她在电话里吞吞吐吐了半天，说家里有点小事情，恐怕不能参加了。接完电话，她一个上午呆呆地坐着，到了下午仍是脑子里理不出个头绪。本想拟订一个公司的文件，可是一连在电脑上打出了好多的错字。打开网上的信箱，发现里边有一封精美的贺卡，贺卡上画着一弯像小船一样的月亮。月亮变成了一行字：分分秒秒都在想你。一会儿的工夫，月亮又变成无数朵的玫瑰花。她不用看下边的落款，就知道这张情意绵绵的贺卡是谁发给她的。她怕有人进来看见，没敢细看，匆忙退出信箱，关了电脑。她不知是如何熬到下班的。回到家，玉玉正在做饭，明浩正在电脑上玩游戏。她没打招呼就关了电脑，明浩一脸的不高兴。

她问：我的那把牛角梳子找不到了。我今天找了一天，害得我连头发都没法梳。是不是你用过梳子后放忘了地方？

明浩说：我很少用梳子的，你又不是不知道。

徐晴说：梳子又没长翅膀，会飞了不成？

明浩说：一把破梳子也弄得兴师动众。累了一天，想来家玩一会儿都不让人消停。

徐晴的心情坏透了。她视若珍宝一样的秀发整整一天没好好梳理一下了。她沮丧地软在沙发上，现在，她对那把心爱的牛角梳子彻底绝望了。她坐在那里不住地想呀想，会是谁弄没了我的那把牛角梳子呢？她就想起了一个人，这个人就是玉玉。尽管她从心里不愿意猜测到是玉玉。因为当时在劳动服务介绍所里，明浩并不喜欢这个长相平平的玉玉。可是徐晴却喜欢上了玉玉。她让玉玉写几个字。其实她并不是想看玉玉写的字如何。她是借写字为由想看看玉玉的手。一个人是不是干净，不能光看穿戴，只要一看手指甲就知道是不是真干净。当徐晴看完玉玉的手后，不顾明浩的反对，就把玉玉领回了家。说来也怪，玉玉还真的很有本事，她竟能在短短几天的时间，就博得明浩的好感。明浩不停地在徐晴面前夸玉玉这好那好的。玉玉也一直很想报徐晴的恩。所以徐晴是万般无奈才开始怀疑玉玉的。吃完晚饭后，明浩想看一会儿电视，可找了半天也没找到一个让他满意的台。他只好又开了电脑继续玩游戏。徐晴把玉玉叫到卧室，问：你见没见我的那把牛角梳子？

玉玉垂下头，不说见，也不说没见。

徐晴说：你不说话，梳子就是你偷的，我这就给你乡下的父母打电话，让他们把你领回去。

玉玉闻言吓得直哆嗦。

玉玉说：我告诉你，你就是再生气也不能对明浩哥讲才行。

徐晴说：我答应你。

玉玉就回到她睡觉的卧室把那把牛角梳子拿出来了。

徐晴看到梳子上缠绕着一小缕黄黄的长头发。玉玉是短发。她自己也从没染过头发。梳子上怎么会有黄黄的女人长发？

玉玉说：我怕你伤心，才把梳子藏起来的。我不想再让那个女人用这把梳子了。嗨，干脆我和你全都说了吧。昨天有一个长发女人来找明浩哥。我从来没见过这么长的黄头发，一看就是刚染过。当时明浩哥让我出去买菜，还让我在外边多玩一会儿……

徐晴随手把放在床头橱上的一个小巧精致的玻璃猫递给玉玉，说：以后有什么事都要和我说，月底我会给你加薪的。

玉玉走出卧室后，徐晴把另一只玻璃猫摔在了地上。这两只玻璃猫是去年她过生日时明浩陪她上精品屋买的作为送她的生日礼物。

徐晴摔碎玻璃猫的第二天，也去发廊把自己的长发染成了黄色。明浩以前和她说过，他喜欢女人的长发，更喜欢女人有一头黄色的长发。当时她并没把明浩的话放在心上。

又隔了几天，徐晴刚买的长筒丝袜莫名其妙地不翼而飞！

徐晴这次不再说别的，就那么默默地盯着玉玉看，看呀看，把玉玉看得手脚都不知往哪搁放才好。

玉玉对徐晴说：我没说是怕你气坏身子。这件事连我都气得一宿没合眼。没见过这么脸皮厚的女人。她来了后看见了那双新袜子，想要。明浩哥不让她拿，说是一会儿去给她买更好的，她就不理睬明浩哥了。明浩哥赶紧亲自把袜子给她装到随身带的小皮包里……

徐晴那天没有换洗的长筒袜，也就没法穿她平时喜爱的裙子上班。徐晴的眼圈黑得吓人。到了公司，同事和她开玩笑，以为她是眼影打得太重。

徐晴的麻烦事像秋后的树叶哗哗地落了一层又一层。

有时候她想喝一杯果汁，玉玉用果浆机打好后，徐晴刚要喝，玉玉说，那个长发女人来的时候，我不让明浩哥用这个玻璃杯子给她倒水，她就挖苦明浩哥，说心里根本没有她，是个胆小鬼。明浩哥只好让她用这个杯子喝水……

徐晴晚上睡觉前要刷牙，她刚拿起牙刷，玉玉就跑过来了，小声对徐晴说：明天买把新的再刷吧。那个长发女人今天下午又来了，明浩哥像伺候女王一样的待她。他们俩又想让我出去，我说了谎，说你刚从公司打来电话，一会儿就回来。那女人要了你的牙刷，就去擦她脚上的皮鞋……

徐晴没刷牙，一晚上也没睡好。早上起来，徐晴照镜子时，发现自己的眼皮肿得像铃铛。徐晴连班也没法上了，只好给公司里打电话请假。在家待了几天，徐晴的眼皮消肿了，可她却不想去公司上班了。在这期间，孟总给她打过无数个电话，但她就是不想再去公司上班。她感到心里像是长了草，孟总打来的每一次电话，都像夏日里刮过来的一阵风，使她心中的草一个劲儿地疯长，捂都捂不住。她和孟总以前并没有什么秘密。她记得那次孟总让她一块儿去陪一个客户吃饭。当时，刚好这个客户是她以前的大学同学。所以那笔生意做得很顺手。她的同学一再强调能在生意单子上签字，是看在徐晴的面子上。并开玩笑让孟总以后在公司里多关照徐晴。自那次生意后，孟总果真对徐晴格外关照，很快提升她为部门经理。徐晴是个非常聪明的女人，她有了这个部门经理的位子后，再帮孟总做起生意来，如鱼得水。公司的生意越做越火，这让孟总对徐晴刮目相看。甚至有些后悔，说是提升得太晚了。有一次，孟总开车和徐晴一块去外地。

在车开到郊外时，孟总忽然停下车，从兜里掏出一样东西，他对徐晴说我想送你件礼物。徐晴一看，是把乌黑油亮的梳子。她以为是把平常塑料梳子，孟总说是把纯牛角梳子，是他去九寨沟旅游时专门为她买的。他让徐晴坐得离他近一些，然后，他一下一下慢慢地为徐晴梳起头来。开始，她有些不好意思，可是她还没来得及找一个拒绝的理由，便感觉这把梳子的确很独特。当梳子划过的她的头发时，有一种让人浸透心灵的温暖。她说不清温暖是那把牛角梳子带来的，还是孟总握梳子的手带给她的。和明浩谈恋爱的时候，明浩从没为她这样温情脉脉地梳过头。一次也没有。她正在脑子里拿孟总和明浩做比较，没想到的是，孟总手中的梳子却顺流而下，一路走下去，先是梳过了她白瓷一样细腻光滑的脖颈，接着就慢慢滑过了她的后背。她感到那把梳子是凉爽的，又是火热的。她的内心是拒绝的，她的表情却是渴望的。孟总自始至终没说一句话。徐晴也没说话，好像那把牛角梳子就是一个传话筒，把两人的感受和彼此的探寻都恰到好处地表达出来了。不等徐晴有什么表示，那把梳子又开始上路了。走呀走，一直在她的身上走。梳子的步伐有着极具诱惑的穿透力。哦！哦！徐晴连她自己也不知道从她嘴里发出的声音是在阻止还是在默许。但她真真切切感受到了孟总的心细如发。平日里孟总在她的眼里是个威风凛凛的领导，她是第一次看到孟总脸上的温柔竟如此的打动人心，让人情不自禁想靠近这种平时根本无法看到的温柔。她更没想到的是，一把平平常常的梳子，原来用在梳理自己的身体时，是如此的妙不可言。一种淡淡的，痒痒的，若有若无的感受，把她引领到一个鸟飞蝶舞的仙境。她不知不觉竟忘了周围的一切，她不知道自己是活着还是死去。她在那一刻好像变成了另一个女人。那个女人是不管不顾的，是鲜活而又蓄满了欲望的，简直和平时那个端庄而又矜持的女人判若两人。等她和孟总都从那种五彩缤纷的激情里平静下来时，她和孟总仍未说一句话。孟总仍专注地开车继续往前。她呢，仍默默地坐在一旁听歌，是刚才孟总开车时为她专门放的歌。孟总说他知道她最喜欢听什么样的歌……

那以后的事，便顺理成章了。孟总几乎不回家了，他在生意顺手时，要去她的办公室找她。他在生意不顺手时，也要去她的办公室去找她。她每次回家面对明浩时，都在心里暗下决心，下次再也不能和孟总那样了。可是当她每天早上起来梳头时，只要一拿起那把牛角梳子，就是闭上眼，也能想起那次在汽车里的那一幕。结果，她所有的决定都化为乌有。她平常从不在明浩面前提那把梳子，就是在她找不到梳子的时候，她也不想问家里的人见没见梳子。好像只要一提那把梳子，就像把她和孟总的秘密说出来一样。但是，当梳子重新回到她身边，把明浩有了外遇的事情暴露出来时，她却想了很多。她在家想呀想，想了一个星期后，徐晴就把这份薪水很高的工作给辞了。自从黄发女人出现后，徐晴才真正体会到了女人受伤后的那种锥心的痛。她以前也想到过，和孟总的这种亲密关系会让他的妻子很痛苦的，但从没体验过这种痛苦。现在，徐晴一想到自己现在的可怜样子，就会情不自禁想到孟总的妻子在家的可怜样子。

徐晴又去了另外一家公司上班。

徐晴等到自己完全从和孟总绝交的痛苦中平静下来后，和明浩认真地谈了一次话。在这之前她一直以为自己没有资格和明浩谈这件事。她还以为明浩是为了报复她和孟总的事才和黄发女人搅在一起的。她先主动交代了自己和孟总的事，然后要明浩也把黄发女人的事说清楚。

明浩很惊讶。

明浩问玉玉：你为什么要无中生有，让我背这么大的黑锅？哪来的黄发女人？

玉玉说：如果我不这样做，你能保住这个家吗？也许你会一直蒙在鼓里，说不定迟早你这个家就毁了呢。

明浩想想玉玉说的话，也挺有道理的。

明浩越想越后怕。他不能失去妻子徐晴。他是那样的爱自己的妻子。

为了感谢玉玉，明浩给玉玉找了一份薪水不错的公司。

玉玉临走时，想请明浩吃饭。

明浩说：不用了，我给你找工作，是为了报答你让我们家平安度过了危险期。

玉玉说：其实我当时是为了报复你家徐晴大姐才这样做的，并不是像你想的那样，是为了你们这个家。

明浩问：你为何要报复徐晴？

玉玉说：我也是为了报答另一个善良的女人，才来当小保姆报复你家徐晴大姐的。

明浩一脸迷惑。

玉玉说：很简单，那个善良的女人救过我的命。她就是那个孟总的妻子。